暗戀那件小事
藍淋
插畫／Leila

Contents

暗戀那件小事

藍淋

插畫／Leila

暗戀那件小事

壹

在這間公司裡，胡北原有兩個祕密。

第一，他很喜歡蘇沐。

不過這沒什麼值得拿來講的，蘇沐溫婉美麗又聰慧，公司上下只要是雄性動物估計就不能免俗，連餐廳裡養的那隻公貓都格外地喜歡她。

第二，他非常地討厭周翰陽。

無論是周翰陽那種公子哥兒的做派，還是那種年少得意的姿態，連帶那種英俊挺拔，都是一種礙眼。

胡北原在這間公司做了多年牛馬，吃苦耐勞、循規蹈矩又謹小慎微。無奈時運不濟，一直熬到現在，才總算有機會出頭——經理的位置空了出來，升遷了的前任經理拍著胸脯跟他保證，他會是接任的不二人選。

是啊！於情於理，都該輪到勤勤懇懇、做了不少實事的他了，他甚至連升職之後要發給同事們的喜糖都買好了，結果，天上掉下個周翰陽。

空降，還不是最招人恨的。

更招胡北原恨的是，周翰陽根本不稀罕這個他朝思暮想的職位。是的，周翰陽年紀輕輕便畢業於世界頂尖的名牌學府，不但擁有豐富的社會閱歷、掌握四通八達的人脈，還說得一口流利的牛津腔英文，更重要的是，他還有一個絕世好爸——這企業集團的董事長。

所以區區一個經理，對周翰陽來說當然不值一提。周公子降尊紆貴地擔任這職位，不過是為了「低調」、「多多歷練」、「年輕人從低做起」而已。

但對胡北原來說，這職位代表的意義可就大不相同了。能當上經理，就意味著他那點扣除各項開支之後可憐巴巴的積蓄能有所提升；意味著他可以給還在上大學的妹妹多一些生活費；意味著他可以早點存錢把房貸還完；意味著他可以早點把遠在老家的爸媽接過來。

而這些揪心揪肺的牽掛，都是周翰陽那種春風得意的富家子弟不會明白的。

所以，他能不討厭周翰陽嗎？

手裡夾著一疊資料、報表經過經理辦公室，胡北原從拉開的百葉窗裡，看見周翰陽正一臉百無聊賴地坐在那本該由他來坐的位置上，還打著呵欠，真恨不得立刻推門進去，兜胸就給這紈褲子弟一腳！

當然了，他沒有這麼帶種。

相反地，他屬於這公司裡最孬種、最唯唯諾諾的群體，就算升職的期望臨時落了空，把他氣得幾個晚上都睡不著，他也不會辭職一走了之，反而還得加倍地做小伏低，指望下一次升職能輪到自己。

個性和脾氣，那是毫無負累的年輕人的特權。像他這種有家庭負擔、有貸款，年紀也不算太小的男人，是可以給老闆很大的安全感的。

因為，他們什麼逾矩的事情都不敢做。

胡北原輕吁了口氣，收回了目光。

正巧，周翰陽看見他了，立刻展顏一笑，「哎，小胡，你進來——」

「……」在身分高低面前，再年長、再有資歷，也成了「小」胡了。

當然，周翰陽對此自有一番解釋。

「哎，叫老胡的話，不是把你叫老了嗎？你看起來很顯年輕啊！」

……那也可以叫全名或者胡助理，又或是David Hu，幹嘛非得叫得那麼不倫不類地裝親熱!?

胡北原抿著嘴、進了辦公室，靜靜地佇立在掛著經理名牌的辦公桌前，等待年輕上司的新指示。周翰陽現在是他的直屬上司，而他人生的信條之一，就是永遠不要跟上司頂嘴。

周翰陽卻一臉無聊地嘆了口氣：「在這裡做事真沒意思。」

……太好了，那你就走吧！胡北原在心裡默默鼓掌、點讚。

無奈周翰陽嘆氣歸嘆氣，倒沒有半分要挪動屁股的意思，就那麼直盯著他，像是要從他臉上看出某種「意思」來。

胡北原只得推了推眼鏡，主動開口：「周經理有什麼事要我去做的？沒有的話，我得先去工作了。」

周翰陽輕笑，「哦，當然有事了。」

「那請周經理吩咐。」

「你來陪我聊聊、解解悶唄。」

「……」

「為我分憂解難，這不是你的工作內容之一，頭等大事嗎？」

胡北原心中頓時有一千頭草泥馬奔騰而過，但還是得低眉順眼地說道：「那，周經理有什麼要聊的？」

「說起來，小胡你有沒有女朋友？」

「……」

「我看你總是獨來獨往，但你年紀也不算小了，按理總該有個交往對象了吧？」

「……」

見他始終不言不語，周翰陽挑起那對修長、烏黑的眉毛，一臉玩味地又問：「難道你還是單身？不太可能吧？」

「是沒有。」胡北原在心中已經左右開弓將他抽了幾百次了，但嘴裡還是得照實應答。

「哎，這麼巧？」周翰陽那張帶點孩子氣的臉上，霍然露出一抹心曠神怡的微笑，「我也單身，我們倆還真有緣分呢！」

……跟你有個操蛋的緣分！

「不過，怎麼不交女朋友？」不曉得為何老是繞在這個問題打轉的周翰陽又問：「難道，你不喜歡女孩子？」

面對這種不著邊際、聽起來又有點涉及人身攻擊的問題，胡北原忍不住就要勃然大怒，又不好拿周大少爺怎麼地，只得正色道：「我的性向很正常，請周經理不要人身攻擊、侮辱下屬。」

「不好意思，我隨口說說而已，沒有惡意。你別放在心上。」

上司都道歉了，胡北原也不好繼續說什麼，只能打了個哈哈：「不交女朋友是因為交不起，也沒辦法。」

「欸？」

「談戀愛很花錢呀，目前我還沒有那個經濟能力。」

「哦？」周翰陽一笑。

胡北原順水推舟地諂媚道：「所以，還要請周經理多多提拔了。」

「這個，是當然的。」

對話，就這麼終止了。

胡北原得以回到自己的崗位上奮戰。

像這樣不知所云的對話，從周翰陽空降以來每天得上演個好幾次。

胡北原全當作是馬耳東風，作為勤懇的上班族，他有太多更重要的事情需要慎重地考慮、苦惱。

二十四小時營業的大賣場裡，胡北原盯著那盒上等牛排看了老半天。

他能想像得到牛排在平底鍋裡煎得滋滋作響的樣子，奶油的香氣、黑胡椒醬的濃稠……但相對於他給自己訂下的每日飲食費限度來說，這實在太奢侈了。

胡北原躊躇遲疑、天人交戰，而後，他聽到有個陰魂不散的聲音在後腦勺響起。

「啊——小胡，這麼巧？」

「周經理……」辦公室裡抬頭不見低頭見的上司就站在身後，笑得一臉春光燦爛，胡北原只得轉頭打招呼：「你也來買菜啊？」

「是啊，自己挑的食材比較健康、比較放心。」

「哈哈……」

放心個鬼!?不花錢才叫「放心」呢！

「周經理一個人吃這麼多啊？」看著周翰陽拿了兩盒牛排，推車裡還有鮭魚、奶酪、藍莓、有機蔬菜，胡北原就不由得酸溜溜地撇嘴，不像他自己做三餐是為了省錢，周大少爺洗手做羹湯想來又是某種出於無聊、偶而為之的生活調劑吧。

「我？」周翰陽看了看推車，「哦，你說這些嗎？這是買給我家的貓吃的。」

「……」

「這種牛排，過水不會發硬，脂肪含量也比較豐富，可以滿足小動物的需求，藍莓用來拌鮭魚也不錯，我家的貓挺喜歡吃的。」

「……」胡北原狠狠地拿起一盒牛排，放進推車裡。

憑什麼他一個大活人，過得還不如人家的貓!?

「對了，小胡你要不要來我家吃飯？我一個人吃飯怪悶的。」周翰陽笑著說道。

胡北原腦子裡立刻出現了他跟周家的貓一起搶食的場景。

周翰陽又補上一句：「今天的海鮮不錯。晚上我打算做大花竹蝦、煎焗歐洲比目魚、鮑汁鳳爪，你來的話我再加個和牛。雪花牛肉挺不錯的，看你喜歡什麼吃法，刺身呢？還是鐵板？」

「……」胡北原頓時陷入了天人交戰之中。

算起來，他有好幾頓沒吃過好的了。

他時常安慰自己，酒肉穿腸過，吃進肚子裡都是要拉出來的，所以不需要吃得太好。平常，他就是買點青菜、麵條，週末可以額外切些豬肉，回去小心翼翼地算著分量下麵條吃。

他也想念肉味，但每一塊肉都是他那房子的瓷磚錢、水管錢、爸媽的養老錢啊……

「葡萄酒你也可以任選。」周翰陽晃了晃手裡的頂級牛排，微笑。

「也……行呢！」

胡北原一邊在心裡唾棄著自己立場不堅定、愛憎不分明，一邊在翻騰的口水唆使之下，不由自主地點了頭。

本著跟上司交流交流感情、蹭點吃喝也不壞的精神，人窮志短的胡北原，上了周翰陽的車，去了周翰陽的家。

那台豪車，倒沒激發他什麼憤怒情緒。年輕的富家子弟如周翰陽嘛……有台好點的車也是正常的。胡北原自己雖然沒車，每天坐捷運轉公車也挺方便的，不必傷腦筋找停車位，還不用愁油錢並且環保。

車子轉進那一片高級住宅區，停在一座獨棟帶庭院的別墅前。

周翰陽的家，從狹長的玄關開始，穿過小小的拱門，客廳便在眼前。寬大的落地窗、色彩鮮豔的地毯以及古典風味的壁爐，再配上線條簡約流暢的皮質沙發，和數盞精巧璀璨的水晶燈，燈光下這一切，顯得明媚又溫暖。

「你……一個人住？」

「是啊！不過，有傭人會來幫忙料理一些家事。」

胡北原忍不住又開始痛恨起周翰陽了。

一個人住獨棟帶庭院的別墅……用得著嗎!?住這麼大地方做什麼呢!?

「是不是有點餓？要不先來點水果吧！」周翰陽回頭朝他笑得眉眼彎彎，揚了揚提在手中的食材，「我廚藝不錯的哦！等下你試試我的手藝。」

……牛排、鮭魚、比目魚，萬惡的資本家啊！

又一次在心裡唾棄自己立場不堅定、愛憎不分明的胡北原，默默地幫著上司把新買的食材提進餐廳。

餐廳和客廳之間，還特意用寥寥數級階梯和鐵藝扶欄再做了分隔，深色的木製餐桌上裝飾了數條果樹枝，黃花翠葉配著純白薄紗的窗簾，不是一般地有情致。而餐桌的盡頭，居然還有個吧台，再過去，才是各式廚具一應俱全的廚房。

胡北原東張西望，除了唾棄這種鋪張浪費之外已經沒別的想法了。

而周家的兩隻貓，就這麼雍容華貴、氣定神閒地從踱過他眼前。

胡北原不由得就給牠們讓了路，更不免傷感地想，他在貓面前都顯得窮酸氣短啊……

好在沒過多久，上桌的食物就讓胡北原精神為之一振，拋卻世間一切煩惱了。

周翰陽煎焗的歐洲比目魚，鮮嫩程度並不輸清蒸，口感還更飽滿豐富；特選的野生海蝦也相當地新鮮，蝦肉滑嫩彈牙，搭配日本進口的醬汁，味道醇厚而微甜；還有骨酥皮糯的鳳爪，配上魚唇龍骨熬了一天的老湯，真是令人唇齒留香。

胡北原一時之間簡直覺得這是自己最後的晚餐了！不然他有生之年，怎麼可能有機會吃到這種好東西!?

最後，重頭戲上場了。

周翰陽把每片和牛都切得薄透如紙，甚至能看得見那一道道清晰的霜降紋，當刺身吃，那是肉質細嫩、油脂飽滿，油花細膩豐盈如同雪花般入口即溶；放在鐵盤上烤著的時候，那滋滋的聲響和獨有的牛油甘香，讓胡北原簡直坐立難安。

他忙著烤一片吃一片，雖然細嫩的牛肉只需要稍微翻面就可以趁熱入口，但手上的速度，還是不足以滿足口腹之欲，吃得他心急如焚，恨不得能手腳並用。

「來，這個給你。」

周翰陽自己吃得不多，把大部分烤好的牛肉都夾給了他，還體貼地幫他添了葡萄酒。

於是，胡北原對周翰陽的仇恨情緒立刻瓦解了一大半。

……這年輕人的家教還真是不錯啊！

正所謂吃人嘴軟，胡北原大啖到心滿意足，深覺得自己過去多年虧欠的都被填補上了，於是就變得格外平心靜氣，甚至連周翰陽那張令同性羨慕嫉妒恨的臉，看起來也不覺得那麼礙眼了。

「其實你的手藝，都可以開餐廳了。」

他這句是實在話，沒有半點溜鬚拍馬的成分。

周翰陽一笑，「是嗎？我也挺想當廚師的。」

「那怎麼不去？」這句也是他的真心話！

周翰陽輕微一聳肩，「家裡不讓。」

「為什麼？」

「我爸就我一個兒子，我如果不從商，家業總不能讓別人接手吧？其實，我連廚師執照都考好了，只不過不會有機會用得上而已。」

……原來如此。高富帥的人生，也有不如意之事啊！

「你呢？喜歡在這公司做事嗎？」

「……喜歡啊！」當時進這公司多不容易啊！薪水能再漲點就更喜歡了。

周翰陽微微一笑，像是悵然又道：「能做自己喜歡的工作真好。」

「……」

想不到周翰陽跟他掏心掏肺起來，弄得他倒有些不好意思繼續討厭這人了。

「對了，以後有時間的話，常來吃我做的飯唄！」周翰陽又說。

「嗄？」

「我一個人做這麼多，光自己吃也沒意思。我喜歡做，你又懂得欣賞，這不是挺好嗎？」

「……」

雖然一開始，胡北原是堅定地站在和周翰陽作對的立場上的。剝削階級和被剝削階級，資產階級和無產階級，關係能好得起來嗎？

但是，想想剛剛那霜降牛肉、鮮活海蝦，再想想家裡的牛肉泡麵、鮮蝦泡麵……所謂鳥為食亡，古人真是誠不我欺啊！

讓胡北原高興的是，自從去周翰陽家裡蹭飯吃以來，他那點青菜麵條的錢好歹也能省下來了。雖然是小錢，但積少成多嘛！

而且更相熟一點，周翰陽就顯得也沒有那麼討厭了。

相反地，其實他幾乎是具備了一切男性討人喜歡的特質，除了年少英俊，有才有財之外，他還大方開朗，不勢利、不計較甚至都不好色。

胡北原有時候都忍不住想，除了窮矮銼（當然他算不矮不銼）與高富帥之間的水火不容之外，他還能討厭周翰陽什麼呢？

這天，胡北原在茶水間裡沖免費咖啡，突然聽得有個溫軟的女聲在背後叫他。

「北原。」

「啊？」胡北原連忙轉過身，頓時心跳漏了一拍，差點把咖啡也潑了。

蘇沐歉然一笑，「哎，不好意思，嚇著你啊？」

「沒……」

「對了，我是想請你幫我個忙。」

「哦？」胡北原一見她就緊張，張口只剩下單音節了。

「你是不是有朋友在賣３Ｃ產品的？」

「是……」

「那能幫我留意下這款相機嗎？」蘇沐遞給他一張新款３Ｃ產品的彩頁，上面印著的某款相機用麥克筆清楚地圈了出來，「我想要那款白色的，但到處都缺貨，所以，如果你有相熟的朋友的話，想麻煩你問問。」

「行……」

「先謝謝你啦。」

「嗯……」

一共只吭了這麼幾聲，等蘇沐一走開，胡北原還是出了整整一背的汗。

雙手握著咖啡杯走出茶水間，就見周翰陽對他笑道：「你怎麼啦？熱成那樣？」

「哈，沒……」胡北原還在心跳，依舊覺得舌頭不利索，只能傻笑。

「剛蘇沐找你有事？」

「哦……沒什麼……她讓我幫她留意一款相機而已。」

周翰陽瞧了他一會兒，又笑道：「怎麼？你喜歡她？」

胡北原忙說：「別瞎說！」

周翰陽似笑非笑地輕哼：「是嗎？我怎麼看你耳朵都紅了？」

「沒那回事！這不是天氣熱嗎？」

他連承認都不敢。先別說那樣的女孩子他根本配不上，就算萬幸，蘇沐對他不反感，他現在也沒能力追求她，起碼得再過個五、六年，把債務還一還、妹妹的學業也完成了，他才有資格跟喜歡的女孩子正正經經談感情，但蘇沐這樣的女孩子，五、六年後他還能有機會嗎？

這就像超市裡的上等霜降牛肉一樣，他知道自己現在買不起，也知道一定有別人買得起，更知道它能在新鮮的時候被人買走，遠比過期特價的時候讓他來撿便宜，要來得好。

暗戀之所以只能是暗戀，都是有它無可奈何的道理。

不過，這不妨礙他為自己心中的女神盡一點小小的心力。

胡北原第一時間就打電話問了在通訊行做事的高中同學。

不料，對方一聽他報上相機型號，就乾脆地告訴他：「這款啊，早就沒貨了。」

「什麼？這麼搶手？」

「是啊，每次拿貨，好不容易能搶到幾台，都是給熟人預訂了的。」

「那，要不幫我問問你表弟？他不是最有本事的嗎？能弄到的話，加錢賣我也可以啊！」

「我幫你跟他說一聲吧，不過真不敢保證啊……」

「嗯，務必幫我問問啊！」

胡北原有些沮喪。蘇沐第一次開口請他幫忙，他就這麼辦事不力。

這樣低迷的心情，一直持續到當天晚上，他回到家，例行上網想淘點便宜的日用品的時候，赫然看見首頁便是該大型購物網站和某家大銀行聯手活動的廣告，醒目地秀出只要在該網站購物，選擇以該銀行發行的信用卡刷卡消費的方式，每消費九百九十九元，就能得到一次抽獎機會，還可以根據交易額累計，消費愈多、抽獎次數愈多。

若放在平時，胡北原對於這種看運氣的東西是正眼都不會瞧一眼的，（他如果會有那種好運，還能到現在都當不上經理？）但這回抽獎活動的獎品名單上，赫然有蘇沐想要的那款相機……

「雖然渺茫，但這也是一個機會啊……」

戰了！

胡北原自己沒那麼多東西可買，於是他就求爺爺、告奶奶的，朋友裡面凡是有需要在那網站購物的，他都拉過來，先自己拿信用卡在網上付了，等人家收到東西再還錢給他，就連周翰陽都慷慨地友情支援了他一筆，從那購物網站上買了些東西。雖然，他不知道周翰陽一下子買兩個3TB的行動硬碟能有什麼用……

總之，雖然折騰來、折騰去弄得一幫朋友還以為他是窮瘋了，想用信用卡套現，但不管怎麼說，在欠了一堆人情之後，他終於攢到了幾十次的抽獎機會。

「佛祖保佑我開出來吧！」

開抽之前，從不信神的胡北原，這次也不由合掌朝天拜了拜。

然而一次、兩次……除了各種賣萌的「哎喲只差一點點沒抽到，繼續加油哦^^」的罐頭訊息之外，就只有幾張五十元的網站折價券。

機會就只剩最後一次，而胡北原的心情反而平靜了。

是啊，中大獎，這是機率何其小的事情，寄希望於這種幾十萬分之一的運氣，本來就是病急亂投醫，他應該明白——其實之前也明白，自己和許多普通人一樣，人生是平淡的、平靜的、平凡的，不會撞什麼大運，也不可能有什麼浪漫的事情發生，更沒有奇蹟。

他把滑鼠移上去，什麼也不想地隨後輕輕一點——音箱裡突如其來的巨大聲響讓他心臟差點停跳，等看清楚螢幕以後，血液一瞬間都凝住了。

他開出來了！他真的開出來了！

然而比喜悅更多的，是不知所措。

原來，有些不可想像的事情是真的會發生……胡北原一片茫然地想著，這或許是意味著什麼吧？

畢竟是大網站，辦事還是有效率的。

在填寫了一堆資料，辦理了一系列手續之後，相機很快就通過快遞送到胡北原手上了。胡北原精心給它弄了個優雅又大方的包裝，而後懷著一顆期待的心，把它帶到了公司。

雖然蘇沐只是拜託他幫買，但他打算將這台相機直接送給她，而幸運的是，他剛好有一個完美的送禮契機——這一天就是蘇沐的生日。

一切都顯得那麼順理成章，他那點暗戀也可以表現得若無其事。

在公司裡，他遠遠看見蘇沐走過來，就趕緊把雙手藏在身後、繃住身體。他在愈來愈大的心跳聲裡，看著她那穿著白色絲質襯衫和鉛筆中裙的曼妙身影愈來愈近。

蘇沐是朝著他而來的，她臉上那些笑意也似乎是對著他的。

於是，胡北原徹底緊張到忘記胡思亂想了，一張嘴，便開門見山地喊道：「上次，妳託我買的那個相機……」

蘇沐有些靦腆地說道：「啊……我正想和你說這件事呢……」

「嗯？」

「我也知道那個很難買，所以不用再麻煩你啦！有人幫我買到了呢！」

「……」胡北原想說的話瞬間全卡在了喉嚨口，說不出、也說不得了。

「是周先生送給我的生日禮物。」蘇沐說這話的時候有些靦腆。她臉上那種表情胡北原很熟悉，只要暗戀過的人，都明白那是代表了什麼心情。

「……」

「我也不曉得他怎麼知道我喜歡這款相機，不過很剛好啦，省得麻煩你。一樣謝謝你囉！」

胡北原甚至想不起來蘇沐是什麼時候走掉的，也不知道自己在原地出了多久的神，他沒有事先敲門，便用力推開周翰陽辦公室的門，大步流星地走進去。

周翰陽抬頭看見他的時候，居然還面帶微笑。

「什麼事？」

「你為什麼要多事？」胡北原第一次鼓起勇氣，毫不掩飾自己對他惡狠狠的厭惡。

周翰陽挑起眉毛，「嗯？」

「蘇沐託我幫她買相機的，你送她一個是什麼意思？」

周翰陽笑道：「怎麼？我不能送嗎？」

「……」

「這是我的自由啊，小胡。」

「……」

「是，我知道你對她的想法，但是，就算你幫她弄到了那款相機，又怎麼樣？你要跟她在一起嗎？你確定你可以？」

「……」

周翰陽就這樣坦率地、公然地嘲弄他這種無望的愛情，而更糟糕的是，他居然說不出半句反駁的話來。

「你根本，就不會明白暗戀一個人是什麼感覺。」

臨走前，胡北原把那個代表了自己所有好運的相機放在周翰陽的辦公桌上，推過去，像是對周翰陽這些時間來給過的好處的一種清償，也像是一種了斷。

辦公室的門重新關上了。

「不，我明白。」

周翰陽說得清楚、決然。

然而，沒有第二個人聽得到。

貳

要說起來，胡北原打從進入公司以來，一直是謹小慎微、八面玲瓏，照著各類職場書籍所提點的那樣，跟上上下下、左左右右都保持著友好和諧、有話好說的關係。

而他第一次跟人把關係弄僵，對方就乾脆是自家的頂頭上司。

這真是……要嘛不鬧，要鬧就鬧大的。

於是，他每天都在激烈地自我掙扎，猶豫著到底要不要先去跟周翰陽道歉呢？

作為兢兢業業的一名小員工，他向上司看中的女人獻殷勤，這是大忌，為此跟上司頂嘴，更是大忌中的大忌。

雖然說，以他的資歷、貢獻、功用，不至於因為這點糾紛就丟掉工作，但他自己這麼想，不代表他上司也這麼通情達理啊！周翰陽畢竟還是年少氣盛的年紀，做事大可以憑心情，一個不高興，搞不好他真得喝西北風去了。

而他萬一不幸失業，短時間裡一定還不了房貸，那房子就會被銀行收回，那……胡北原愈想愈多、愈想愈真，愈想心裡愈發毛。

但要去道歉吧……他又實在低不下這個頭。

貳

他心裡酸溜溜地想，憑什麼呀!?這年頭難道人窮就真得志短，連跟高富帥競爭的權利也沒有，被插了隊還得陪笑臉？要是周翰陽真為了這點事拿他開刀，那他也不是好惹的！為了他的薪水、他的房子，他能跟周翰陽拚了！

不過，縱使胡北原腦補得慷慨激昂，他的日子卻是過得波瀾不驚。

他所擔心的那麼多事情，一件都沒發生。周翰陽雖然沒再多跟他說話、不給他好臉色，但也談不上刁難他。工作上還是該交代的交代、該檢查的檢查，甚至該表揚的時候，也會有一句冷靜的「做得不錯」。

於是胡北原的心理活動，漸漸地又從擔心受怕、警覺萬分，變成若有所失、五味雜陳了。

周翰陽既不罵他，也不陰他，就只是不理他。

說來也奇怪，明明是那麼笑咪咪、吊兒郎當，令人如沐春風的長相，周翰陽一冷漠起來，卻顯得比任何人都更能拒人於千里之外，兩人身為上司下屬，每日朝夕相對，關係卻這麼不冷不熱地懸著，他都不知道該怎麼辦了……似乎也只能努力把工作做完、做好，雖然沒多大用處，但總得盡量減少自己被炒的風險吧！

胡北原這麼安慰著自己。

這天，臨下班了，胡北原還在整理著最後一份資料。這些數據、報表，明天開會時候董事長要用，他得把表格裡原有的數據按現在的實際情況登錄好，加以備註後先給周翰陽過目，然後再提交。

這表格要拆成兩份來做。

胡北原在原表上刪刪減減，總算編輯好了上半部分，而後他手一抖，直接在這原表格上做了保存。

下一秒，他就回過神來了。

他剛剛……是將原來的資料全部覆蓋了。

胡北原一瞬間背上都冷了。他手上的這張表格是公司裡剩下的唯一一份原檔，原先做出這表的祕書不久前離職了，公司裡再也沒有任何其他的存檔備份……怎麼辦？

他的腦子就跟眼前的下半張表格一樣，一片空白。

他不知道自己這樣雕塑一樣呆坐了多久，直到有人在他頭頂上說：「你怎麼了？」

誰也不是！就是周翰陽！

「……」這真是太剛好了！還能有比這更糟的嗎？

有那麼一刻，胡北原想對上司搪塞說「沒什麼、沒什麼，什麼事也沒有」，但鎮定了一秒後，他也就從那孬種的迷霧裡清醒過來了。

騙誰呢！敷衍過周翰陽，明天他也一樣生不出第二張表格來，躲也躲不過的。

「我把資料弄沒了。」

「嗯？」周翰陽挑起那對好看的眉毛。

「明天開會董事長要用的，我還沒做完，就不小心把原件給覆蓋了。是我失職。」伸脖子是一刀，縮脖子也是一刀，與其兜圈子，胡北原倒覺得還不如早死早超生算了。

對著他壯烈就義的姿態，周翰陽沉默了好幾秒。

而後不等他反應，周翰陽便彎下腰來，查看他的電腦螢幕。

「……給我看看。」

胡北原看不見年輕上司的表情，也不知道對方是不是已經在心裡把他罵得狗血淋頭，他只感覺得到青年在他背後、在他頭頂，那種無聲無息、按兵不動的壓迫感。

一秒、兩秒……胡北原悲壯地心想，這就是傳說中的暴風雨前的寧靜嗎？

終於，周翰陽也確定這是沒法搶救了，於是直起身來，卻沒有劈頭蓋臉就對他一頓痛罵，只是說：「我幫你問問。」

「嗄？」胡北原呆呆看著他打了好幾個電話，這才反應過來，周翰陽正在幫他四處找人要舊時的檔案，幫他補救。

果然沒多久，若干封電子郵件很快就收到了，但資料零零散散，來自不同人、不同的部門，在胡北原的電腦桌面上擺出一排頗為壯觀的試算表，想從這裡頭找回需要的資料，大概就跟大海裡撈針一樣，到明天早上都未必做得出來。

「這些我處理，這些你來，分開做。」

周翰陽又說話了。

「啊，但是……」

胡北原還是一愣一愣的。

青年很是老成地一板臉，「趕緊，別浪費時間。」

胡北原也顧不得再猶疑或者客套了，埋頭在電腦前面開始幹活。

公司正常下班時間是五點半，一般六點多人也就走光了，而這天一直到十一點，辦公室裡還剩下他們兩個人，和那麼幾盞燈。

當胡北原終於按下「存檔」的時候，手指頭都有點發抖了。

「好了？」

「好了……」胡北原吐出長長一口氣。他這顆老心臟啊……

「那就好。」

周翰陽和他面對面站著，一時面面相覷，沒了下文。剛才熱火朝天地趕工的時候，兩個人也沒少對話，現在事情做完反倒又冷了場，彼此都覺出尷尬來了。

胡北原心想不管怎麼說，也不管周翰陽秋後會如何算帳，這次，他都得誠心實意地向對方道聲謝謝才行。

「抱歉。」

他還未開口，卻突然聽到周翰陽這麼說道。

「嗄？」胡北原又一愣。

「蘇沐的事。」

對周翰陽的那點忿恨和不甘，在這麼一刻裡，突然就煙消雲散了。

其實，周翰陽根本不必道歉的。

蘇沐對他而言就是朵遙不可及的白蓮花，她原本就該配周翰陽這樣的人，也只有周翰陽這種人才有資格追求她。

這一切都是順理成章、理所應當，相形之下，周翰陽的這一句道歉，大度又磊落，讓他這種小人物，連心存嫉妒的立場都沒有了。

「哎，別這麼說，你沒做錯。」對著如此的君子坦蕩蕩，胡北原只能慚愧地擺擺手，「倒是我，今天得好好謝謝你……不僅沒炒我，還幫了我這麼大的忙。」

「哦，你別誤會，這資料明天是非交不可的，要是把你炒了，那今晚不就剩我一個人做？我才不傻呢！」周翰陽一本正經地說道，跟著又露齒一笑，「不說了，這都要半夜了，我真的快餓死了，先去吃飯吧？」

「呃……」胡北原想起家裡的冰箱裡，還有半碗冷麵等著他，再不回去吃掉，明天估計就要壞掉了。

「我現在很想吃麻辣鍋，不過一個人吃有點怪……我請客，你就當陪我吧！」

周翰陽說得特別真誠，他說這話的時候，臉上就有種讓人不忍推辭的純真勁，胡北原連忙說道：「那不行！應該我來請，謝謝你幫我的忙。」

「這回我請吧，算是先跟你道歉。下次你再請回我好了。」

胡北原一下子覺得很感動，周翰陽是真的把他當朋友。

雖然他也納悶周翰陽為什麼要這樣主動和他交朋友？

兩人進了周翰陽欽點的火鍋店，這是二十四小時營業的連鎖店，深夜裡，居然還有幾桌客人，熱氣騰騰之間，盡是又麻又鮮的香氣。

周翰陽露出一臉小孩子的饞樣，先在點菜單上胡亂勾選了一氣，而後遞給他，「你看你還喜歡吃什麼，都勾上吧。」

「等等！這有點多了，我剛才看到隔壁桌的鍋了，這種麻辣鍋的鍋底裡是有附贈的鴨血和凍豆腐的，所以這兩種都不用點。」胡北原仔細研究了下那菜單，認真地在上面勾勾畫畫，「吃火鍋，肉點太多了反而失味，留一盤肥牛、一盤五花肉、一盤蝦滑，就夠了……」

周翰陽樂了，「反正是我請客，你省什麼錢啊！」

「這是在幫你省囉！」

周翰陽微笑道：「我以為你一直對我很有意見，抓住這機會得趁機狠宰我一頓才行呢！」

胡北原被當面說破心事，不由臉上一熱，心虛地辯解道：「誰說的？我可沒對你有意見，我哪敢啊……」

「真的？」

胡北原點了下頭，言不由衷地重申：「真的。」

「那……你對我的看法如何？」

「很好呀……」

「怎麼個好法？」周翰陽睜大眼睛，作無辜期待狀。

「你……個子挺高、長得挺帥的。」胡北原絞盡腦汁想了半天，惆悵地想，溜鬚拍馬，他果然還是不擅長啊……

好在他的馬屁雖然蹩腳，周翰陽倒像是挺受用的，還瞇起眼睛朝他笑了笑。

眼看點的菜遲遲不送上來，兩人都餓極了，只能迫不及待地在鍋底裡搶著先撈東西吃。

搶食之際，胡北原突然聽見年輕的上司問他：「你當真喜歡蘇沐？」

胡北原嗆了一口辣湯，「咳……」

「喜歡她什麼？」

「……這個……」胡北原把吸滿了辣湯的凍豆腐嚥下去，想了一想，謹慎地說道：「蘇沐她……人漂亮，又溫柔，氣質好，又知書達理……」

「就這樣？」

「……」這還不夠？高富帥的要求果然也高人一等啊！

周翰陽笑了一笑，「其實我覺得，感情不該是這樣的。」

「嗄？」

「你因為她漂亮而喜歡她，那如果遇到更漂亮的呢？」

「……」

「真正的愛情，應該是沒有確切理由的。」周翰陽一手托著臉頰，悠悠地說道：「也許，他並不那麼漂亮，也不那麼聰明，連脾氣都不太好，但你看見他，你就覺得開心，沒事你也總想著他……」

胡北原無話可說，翻著白眼吃了半碟子的金針菇、肥牛，才道：「哈——看不出你還挺浪漫的呢！」

這和他不在一個世界裡的，不切實際的年輕人啊……不過這年紀輕、閱歷淺，愛作夢又喜歡胡思亂想的上司，在這時候，也還挺可愛的。

因禍得福排除了跟上司間的那麼一點尷尬後，胡北原的生活又回到了常軌，風平浪靜地過了好一陣子。

漸漸地，天氣開始微涼了。每年的這個時候，公司都會給員工安排一次集體出遊，算是放鬆，也算是增進一下員工感情。

而今年的出遊又多了個鐵人專案——鼓勵大家爬山。為了振奮士氣，公司還設立了獎項，前三名到達山頂的，都有獎金，第一名五千元；至於拚不到名次的眾人，只要是靠雙腳，而不是坐纜車登頂的，也都能拿到參加獎。

這年頭，雖然大家連多爬幾層樓梯都不願意，下個一層樓都寧可坐電梯，更不用說那麼一整座的山了，不過，重賞之下必有勇夫，為了這獎金摩拳擦掌的人也還是有的，胡北原就是其中之一。

為屆時奪冠做準備，他還刻意開始鍛鍊自己的體能，每天提早半小時，從捷運站跑步到公司，上班他也不坐電梯了，拎著公事包和便當盒徒步爬那幾十層樓。

他的鍛鍊是很低調的，免得為人所知。不然一旦提高了競爭對手們的警戒心，那就不好辦了。

不過，他這低調的行徑也很快就被周翰陽識破了。

「小胡，你這兩天沒搭電梯啊？」

「……」可惡！這傢伙怎麼連這都留意到!?

偏偏周翰陽還十分地聰明伶俐、一針見血地說道：「莫非你在鍛鍊身體，想參加爬山比賽？」

「……」

「真的啊？」周翰陽又笑道：「那好啊！挺好玩的，到時我也跟你一起參加，你可不要故意輸給我啊！」

……什麼叫故意輸？

論年輕、論體格，他能跟周翰陽比？瞧人家那身高、那腿長、那肌肉，他們是站在同一條起跑線的嗎？

不公平！

胡北原忿恨地在心中抱怨，更加奮力地投入鍛鍊。

員工旅遊這天，公司的人浩浩蕩蕩地坐著幾輛大巴來到山腳下。

正值天氣乾燥清爽、溫度宜人，那漫長狹窄的山道，在初時也顯得十分地友善，大家都挺有精神的，隨著策劃人員一聲令下，嘩啦啦地一群人便一擁而上，片刻便將那段山路佔滿了。

胡北原是有備而來的，腳上穿的是唯一一雙舊運動鞋，下半身穿著一條歷史悠久的運動短褲，肩上扛著一個年紀不比他小多少的，祖傳下來的雙肩包，為了能盡量快一點爬上山，減輕負重，他對於包裡要裝的東西是經過仔細考量的，所以只帶了毛巾、適當數量的乾糧和水（沒辦法，都知道山頂上東西貴啊）。

誰知一看身邊的對手，周翰陽居然比他更加輕鬆上陣，根本就是赤手空拳。

「你不帶點東西嗎？」胡北原忍不住問他。

「需要帶什麼？酒店都會有提供啊。」

「……」能用錢解決的問題，果然都不是問題啊……

胡北原根本懶得再吐槽了，專心地朝著目標前進。

他爬得很穩，並不搶先，氣定神閒地看著一票同事一窩蜂興沖沖地跑到前頭去了。

這可是場持久戰，一開始衝得快的，沒到半山腰就該虛了，所以現在在他前面的，都會是他的手下敗將，而至於還落在他後面的，那也未免太慢了，一樣不是他的對手。

不過糟糕的是，周翰陽貌似跟他是同樣的策略，所以也不緊不慢地跟在他身邊，怎麼甩都甩不掉。

……這傢伙果然是個棘手的敵人啊！

胡北原掃了晃悠悠跟在自己身旁的青年一眼，稍稍加快了腳步。

就這樣沿著山路沒走多久，胡北原就看見前面的大樹底下，有個身穿牛仔短褲，露著一雙白皙長腿的美女，正坐在那休息。

胡北原不由就心神蕩漾了一下，能有這樣美腿的，不是蘇沐又是誰？

鬼使神差地，他就走了過去。

「呃——妳怎麼了？需要幫忙嗎？」

「沒事。」蘇沐仰起臉來，明媚地朝他們笑了笑，「是鍛鍊得太少了，才走這麼一段就累了，所以先歇會兒。」

胡北原猶豫了一下，靦腆地開口：「哎……那，要不要陪妳上去？」

雖然知道這紳士風度體現得不是時候，一陪她，那獎金就非得泡湯不可，但這時候，也是英雄難過美人關了。

只是蘇沐還未開口，周翰陽就先笑著調侃他：「要你陪有什麼用？蘇沐還不是一樣得自己走。除非你能把她給揹上山去。」

「……」

雖然是潑冷水，但也幫他擺脫了進退兩難的困境。

蘇沐也說：「是呀，不用陪我啦！後面也快有人上來了，我等她們一起慢慢上去就好，實在不行，還有纜車可坐呢！你們倆先走吧！加油拿第一哦！」

雖然不確定她那個「加油」是給周翰陽的還是給他的，胡北原還是精神為之一振，當下也顧不得情敵上司在邊上虎視眈眈了，搶先說道：「那，把妳的行李給我吧？我幫妳帶上去，妳也能輕鬆點。」

「那謝謝你了。」蘇沐嫣然一笑。

胡北原心蕩神馳地接過蘇沐那漂亮的豹紋背包，當下不由得就倒吸一口涼氣——看起來弱不禁風的一個小女人，隨身的包包竟然有千斤重！

「妳這裡頭都……裝了什麼？」她不會跟他一樣，為了省錢，放的都是吃的、喝的吧？

蘇沐回答：「哦，一些化妝品、保養品，山上風大、輻射也大，皮膚容易受傷，今晚我們在山上過夜，酒店提供的洗髮精、沐浴乳都不會太合用，所以我就自己帶了常用的牌子……」

「……」他真是……搞不懂女人啊！

胡北原騎虎難下地扛著憑空多出的好幾公斤負重，再爬上去一段，逐漸也感覺到壓力了。

雖然愈接近山頂，身邊的人愈少，但這種體能競賽，原本就是細節成就勝負，饒是他怎麼

小心使用自己的體力、合理調整呼吸，無奈背上還有兩座大山呢！他漸漸有點力不從心了。

相比之下，周翰陽原本體格就比他好，又是兩手空空，雖然沒有領先他多少，總在他身前不過五、六公尺的地方，但態度那是十分地遊刃有餘。

胡北原看著那雙總在他眼前晃動的長腿，筆直有力的線條、充滿彈跳力的步伐，愈來愈覺得獲勝無望了。更糟的是，在他愈來愈慢的速度裡，原本被他拋在身後的同事，又有兩個人反超了。

胡北原待要發狠追上，怎奈背上發沉，連帶雙腿似有千斤重。

「……」五千塊……整整五千塊啊！所以說，色字頭上一把刀，古人誠不我欺！

就在他沉痛地打算要放棄之時，周翰陽突然先說：「哎，我爬不動了。」

「嗄？」

「給我吧？」周翰陽朝他伸出了手。

胡北原反應不過來：「什麼？」

「你的那兩個包。」

「……」

「反正我也爬不動了，給我拿著吧！你快點上去。」周翰陽笑道：「好歹幫忙搶個名次，然後請我吃飯唄。」

「……」

他真的爬不動了？

他不會是要臨時來搶功勞，向蘇沐獻殷勤的吧？

一瞬間，胡北原的腦中有千萬個念頭閃過，心裡更像是炸開了油鹽醬醋瓶，一時不知怎麼辦才好，而未等他想清楚，又有人從他身邊趕過去了。

周翰陽又說：「還不快點！你真不想拿錢啦？」

一聽錢字，胡北原就跟屁股著了火一樣，不由自主地就把兩大包的負累卸下來、遞過去，而後轉頭拔足狂衝。

他沒工夫去數自己到底超過了幾個？現在排第幾？反正就是牛一樣埋著頭、憋著勁，拿最後一口氣往前衝，衝刺的那段路裡，他一度覺得眼前發黑、胸悶氣短，貌似死神都要降臨了！不過，這時候他只剩下一門心思——有整整五千塊呢！就算這一段是刀山他都能給它爬上去！

「小胡，你慢點！別急啊！你已經是第一啦！」

隱約間彷彿聽見周翰陽在後面喊他。

……不行！這是幻覺！都出現幻覺了！千萬可別放鬆呀！

胡北原像夢遊似的，只覺得自己還沒走完呢，直到聽見等在上面的那些同事七嘴八舌喊著「喲，你是第一個呢！」，這才如夢初醒地發現自己不知怎麼地就爬到頂了，突然一下子腿軟下來了。

緊跟著上來的是周翰陽。

比起他那苟延殘喘的第一，周翰陽的第二就顯得十分玉樹臨風了。

「你還好嗎？」

風度翩翩的上司，親切地慰問著奄奄一息的下屬。

「好……呼……好……」胡北原回答的時候覺得自己肺裡像是漏了氣一樣，但嘴裡應著，眼睛卻還盯著周翰陽肩上的包。

肉體上的虛脫，也不妨礙他心裡頭的各種猜疑在滴溜溜地打轉，他想，周翰陽真會把包還給他嗎？要不是幫他負重，周翰陽才該拿到獎金吧！

又少了幾千塊錢拿，又討好不到蘇沐，周翰陽白白做這好人，圖什麼呀？不是他小人之心，這年頭，誰還無緣無故做好事呢？就算真有這種替別人數鈔票的笨蛋，也沒有這種高富帥的笨蛋呀，這其中必然……

「包包給你。」

周翰陽一句話，就終結了他奔騰的思緒。

「……謝謝。」胡北原覺得自己一張老臉略微發熱。

他年輕的上司就站在那裡，挺拔、清爽、正直，眉眼笑彎彎地，山風吹過他的黑髮，在陽光裡就像蒲公英的絨毛一樣，他突然有點想不起來自己一開始是為什麼那麼討厭周翰陽的了。

為了感謝周翰陽的出手相助，胡北原決定和周翰陽一起分享自己帶來的泡麵和礦泉水——

山上一瓶水五十塊呢！

當然，他也不忘在把那跟裝了鐵一樣沉的女用提包還回去的時候，順便給了蘇沐兩瓶水，換來蘇沐嫣然一笑的一句「謝謝」。

胡北原頓時有點能理解故事裡的那些傻子，為了美人一笑，而甘之如飴做的種種事了。

……陷在單戀裡的人是多麼傻，又多麼容易滿足啊！

晚上，大家留宿山頂。

不知是誰起的頭，說今晚有流星雨，於是，一群稍微年輕點的同事都鬧騰了起來，沒了睡意，紛紛嚷著要去外面熬夜等這浪漫的奇景。

「小胡，一起去吧？」

就連周翰陽都一臉興致昂揚。

……流星雨有什麼好守的？下錢雨才值得守吧！

胡北原不著痕跡地翻了個白眼，但對著興致勃勃的上司，他只能說：「那個……夜裡風涼，我年紀大了，不比你們年輕人，還是早點休息吧，哈哈哈……」

周翰陽露出老少通吃的推銷表情來，「流星雨難得一遇呢！很浪漫的，你不去嗎？」

「咳……我這人反正跟浪漫是沒有關係的……」這年紀了，又是大男人一個，浪什麼呀!?

「不要這麼想。」周翰陽微笑道：「人活著，只要願意等，就一定會有浪漫的事情發生的。」

胡北原遍體生寒地想，他這上司，怎麼這麼夢幻啊!?

但不管怎麼說，適當滿足上司的合理要求，還是有必要的，於是胡北原最終還是揀了床毯子，大半夜垂頭喪氣地陪周翰陽出去等流星雨了。

到了那裡，他才發現，原來跟周翰陽一樣夢幻的人還真不少。三三兩兩的年輕人，或席地而坐，或相依相偎，對著什麼都沒有的夜空指指點點的，弄得像是真有那麼一回事似的。

他跟著周翰陽也找了個地方，靠著石頭坐下，至此仁至義盡，而後，就開始專心致志打起瞌睡來了。

到凌晨一、兩點的時候，他突然覺得有人在用力推他。

「小胡，快看，流星！」

胡北原從夢中驚醒，驀然睜眼的時候，猝不及防地，眼前有一道光亮，以不及捕捉的速度，從空中劃過。

一瞬間，他以為是誰放上天去的煙花，而後才反應過來，那是流星。一顆又一顆的流星劃過夜幕，撲簌簌地往下掉，像是天上突然下了火雨一般，黑沉的天空都像被這些墜落了的星星照亮了。

胡北原起了一身的雞皮疙瘩，他想說點什麼，但發現自己語無倫次了。

四周很安靜，沒有人說話，甚至也忘了照相，眾人只幾近窒息地靜默著，以一樣的姿勢，敬畏地看著這些飛舞的、轉瞬即逝的光，美麗又奇異。

終於，這場詭麗的奇景漸漸消失，山頂又慢慢熱鬧起來，大家都在歡快地討論，有說有笑，讚賞剛才的眼福，和自己的好運。

胡北原胳膊上的雞皮疙瘩還未平復，他腦子裡還都是那些雖然短暫，但炫目的光彩。

「小胡，你許願了嗎？」

「嗄？」胡北原的雞皮疙瘩真是一波未平一波又起，「許願？有什麼心願，平時沒事對星星、對月亮不是一樣可以許的嗎？」

明明男子氣概十足的一個人，思維要不要這麼夢幻啊!?

周翰陽笑道：「我們平時看到的星星，其實是很久以前的星星留給我們的幻影，它們都是存在於過去的，很可能已經不在了。而只有流星，才是『現在』的。因為這種『現在』太難得了，所以很多人會對著它做些傻事。」

胡北原盯著他瞧了半晌。這傢伙，應該去當詩人、當模特兒、當明星、當廚師……總之當什麼都好，偏偏來當什麼經理呢！

皮笑肉不笑地跟身旁的年輕上司打著哈哈，就跟流星一樣短暫的感動散去了，胡北原只覺得又冷又睏，懶洋洋地混在三三兩兩的同事群裡踱回酒店。

雖然已經是凌晨，但眾人因為興奮，又餓，就有不少人陸陸續續地圍著大廳裡那些昏昏欲睡的服務生，跟他們打聽吃宵夜的地方，和買些雜食。

方才黑燈瞎火的，胡北原沒有看清楚，現在他發現蘇沐也在人群之中。想到自己今晚有幸

貳

和她做了同樣浪漫的事，心情便自發地愉快起來了。

而後不期然地，他看見蘇沐朝他的方向招了招手。

胡北原左右望了一望，再三確定這手勢是衝著自己的，這才壯起膽子走過去。

「什麼事？」他略微忐忑地望著對方。

「這個給你。」蘇沐有些矜持地從背後拿出一枚折疊好的可愛小信封。

胡北原頓時受寵若驚，驚喜程度不亞於方才親眼看見流星，情不自禁地就結巴了：「啊……這……」

蘇沐又說：「麻煩你，把這個交給周先生。」

「……」

「我知道你跟他關係很好……先謝謝你啦！」蘇沐看起來很是羞澀。

雖然於情於理都說得過去，但面對這樣的大起大落，胡北原還是不可自拔地消沉了。

他轉頭，就看見周翰陽笑咪咪地拿了套不知又是出賣色相從哪裡搞來的酒店餐具，對他說道：「小胡，這個給你，用來泡麵吃。」

胡北原怎麼樣也高興不起來了，默默地把手上還未捂熱的心形信封遞過去。

「給你。」

周翰陽一時間竟像是也呆了。

他沒有馬上伸手來接，只在原地直挺挺站著，過了那麼幾秒，才猶豫著不確定似地看著他，「這……是什麼？」

胡北原有氣無力地哼了哼：「你覺得還能是什麼？」

「……」

「蘇沐給你的。」

周翰陽立刻被什麼嗆住似的，往外用力咳了一聲，而後說：「嗄？」

胡北原無精打采地將信封拍到他的胸口上，「拿去吧！我可沒偷看啊！」

周翰陽伸手把那信封接過來，笑著揉一揉，往兜裡一塞。

「你不看？」

「小胡，我們算朋友吧？」

「算……啊……」上司要跟你稱朋道友，能不趕緊答應嗎？

「那我不會搶我朋友喜歡的人。」周翰陽挺認真地說道。

胡北原頓時一震，心裡又是感動，又有些道不明的彆扭。

「多謝啊……但也不需要啦……這對蘇沐，不公平吧……」

周翰陽笑了一笑，說：「感情的戰場上，本來就沒有公平。」

不管出於什麼原因，總之，在蘇沐這件事情上，周翰陽對他講了一百二十分的義氣，他又拿了獎金，於是扎扎實實地請周翰陽一頓飯，這是免不了的了。

問題是，去哪兒吃？吃什麼呢？

他是沒見過世面的，菜裡隨便有點肉就高興了，周翰陽可不同，不僅會吃，還會做，真不知道這世上有什麼好東西能討好得了他的，龍肝鳳膽嗎？

於是，胡北原旁敲側擊地詢問了年輕上司的意見。

「我最近挺想吃家常菜的。」

「家常菜？」胡北原愣了下，又問：「你指自己在家做的那種？」

周翰陽立刻挺高興地說道：「對呀，去你家吃吧？」

「嗄？」

自己做，就算買再好的材料，的確也比外面吃省錢多了。

雖然是意料之外，但也不無好處。胡北原心中的小算盤一打，這天下班，就領著自家上司去超市選菜了。要吃什麼，這回由周翰陽說了算，然後他來買單。

他好像從來沒有這麼財大氣粗過呢！

反倒是周翰陽在挑選的過程中，顯然表現得十分有人性，對那些什麼幾百元一隻的頂級生蠔視而不見，只繞過去拿那些便宜的螺類、花蛤什麼的。反倒是胡北原，因為是請上司吃飯不好意思太寒酸了，硬挑了一些肥大的生蠔和鮮蝦。

就這樣，兩人一起又買了些蔬菜、雞胸肉之類的林林總總裝在購物車裡，推著去結帳。周翰陽笑微微地一手一個收銀員幫忙裝好的購物袋，看著他付錢，樣子還挺受用呢！

穿著胡北原地攤上買的塑膠大拖鞋，周翰陽在不到三十坪大的小公寓裡走來走去，看起來頗為自在愜意。

胡北原倒也不心虛。

他單身住著，但一點也不邋遢。雖然上司是第一次大駕光臨他的小公寓，他這個小窩，跟周家那別墅也沒辦法相提並論，可屋子裡收拾得還是相當整齊乾淨的，傢俱固然簡樸，但都方方正正、規規矩矩，地板也是每日一掃、數日一拖，甚至周翰陽進門的時候還自覺地乖乖脫鞋呢！

胡北原安然地把上司放置在客廳裡，逕自就要去廚房做菜。

「我來幫你吧、我來幫你吧！」

「哎，不用，你是客人，等著吃就好。」

「不要這麼客氣呀！」

周翰陽笑得春光燦爛，一路尾隨他進了廚房，很自然地就開始捲袖子、拿圍裙。

說實話，周翰陽的刀工比他還好，邊切還邊教他「橫切牛肉豎撕雞」，這種反客為主，固然是幫他省了很多事，但他這公寓不是很大，硬格成兩室一廳，廚房空間也就不寬裕，自己一個人生活時不覺得，多了個人高馬大的周翰陽在身後站著，怎麼都能碰到胳膊、蹭到腿的，轉個身都老撞在一起。

有一次，他的額頭還磕到周翰陽的下巴，力道之大，讓他都擔心起自己要賠償醫藥費了。

好在周翰陽並不介意，即使下巴差點被撞下來，臉上還是笑咪咪的。

不過，胡北原是再也受不了了！他手裡還拿著刀呢！等下不小心把上司的什麼地方給切下來一塊，那可怎麼辦!?

於是，周翰陽就被畢恭畢敬地請出了廚房。他顯然有些百無聊賴（胡北原為了省錢，連電視線路都沒開），於是坐在飯桌邊上，雙手撐著臉頰等上菜。

胡北原偷眼瞅見他發呆的模樣，不由心想，他這樣竟然還挺可愛的。

……唉，真討厭！這樣一個做別的行業都容易有飯吃的人，幹嘛沒事來搶他飯碗呀！

多少是出於不想處處不如人的心態，胡北原難得露了一手，晚飯做了豉香杭椒雞片、爆炒麻辣花蛤、白灼大蝦，還有成本最貴的一道蒜蓉生蠔，以及清淡收尾的絲瓜小海鮮湯，再擺上一瓶酒。

花樣不多，但是分量十足，以示誠意。

誰知道這時候周翰陽反而拿出做客的矜持來了，只埋頭吃些花蛤、絲瓜什麼的，偏不動那一大盤隆重登場的生蠔。

「來，多吃點生蠔，很鮮的。」胡北原殷勤地勸道。

「唔……」

「怎麼？是我做得不好？」胡北原猜測。

「哈哈——沒那回事。」

「那就多吃點啊！」胡北原實在人講實在話，「這對男人是好東西來的。」

「……」

「來、來──多喝兩杯，我好不容易才捨得開了這麼一瓶，你不喝，就浪費了。」

最後，周翰陽盛情難卻，還是把大部分寶貴的生蠔都吃了，酒也喝了不少，兩人倒也算是賓主盡歡。

末了，該送客了。

「我送你下樓開車吧？」胡北原問道。

周翰陽略顯為難地笑了笑，「我喝了酒，不好開車。」

「啊……」胡北原這下倒有些不好意思了。他只想著盡待客之道，偏偏忘了這一點。他自己是不開車的人，是經常想不到喝酒跟開車之間的關係的。

而從他這裡坐計程車回去，車費真的是十分不便宜，真要是這樣算起來，周翰陽這頓飯局就吃得太冤枉了，雖然周翰陽未必會計較。

於是，他說：「哎，你不嫌棄的話，在這睡吧？」

這樣明天他上班，還能蹭到一程順風車，省下公車錢呢！

「這……行嗎？」

周翰陽站在原地，像是躊躇了一下，聲音裡居然有些不確定了。

……有什麼不行的？

胡北原泰然自若地看著自己顯得有些靦腆的上司，「我這什麼都有啊，沐浴乳、刮鬍刀，而且我家絕對沒蚊子、沒蟑螂，你可以放心。當然啦，是比較簡陋，你要是不習慣，是不用勉強的。」

周翰陽的眼神飄忽了一下，「那……我睡哪兒？」

胡北原這下子也遲疑了，雖然他這小公寓是兩室一廳，但那是為了將來接父母過來養老而準備的，現在恨不得從腳趾縫裡摳出錢來還貸款，傢俱自然能省則省，一共也就一間臥室裡有張床，而周翰陽這公子哥兒，沒kingsize大床可睡估計都挺委屈，更不用說跟人擠了。

「你睡我那床吧！我睡客廳。」

周翰陽沉默了片刻，笑了笑，「這不太好吧……喧賓奪主嗎？你睡床，我睡客廳。」

「別——怎麼也不能讓你睡客廳的，說不過去呀！」

開什麼玩笑!?頂頭上司在客廳裡縮著，他這覺睡得能不做惡夢嗎？

兩人各有各的堅持，一時僵持不下。

胡北原心裡挺納悶的，要說是一男一女吧……這客客氣氣地推來推去的還好理解，兩個大男人，一起睡，除了擠了點，還有什麼不方便呢？幹嘛非得分出個楚河漢界啊？

「這樣吧……」他想了下，說道：「我們都別爭了，你不介意擠的話，一起睡床吧？我睡覺不打呼的。」

周翰陽依舊不是很乾脆，但最終還是笑了一笑，接受了他的建議。

出於不想讓自己身上的汗味或者臭味影響到了上司的睡眠，胡北原這晚洗澡洗得特別仔細，連腳丫子都反覆搓了三遍。

至於周翰陽，居然有本事洗得比他更久。

不知道是因為潔癖呢？還是因為他家的沐浴乳的清潔效力不夠水準？反正是過了可以洗三頭大象的時間，胡北原躺著都快要睡著的時候，才聽見周翰陽從浴室出來的動靜。

……唉，他的水費啊！

迷迷糊糊快要進入夢鄉的胡北原，心裡忍不住嘆息。

像是不願意驚動他似的，周翰陽上床的動作倒是挺輕的，可惜床還是因為那重量而明顯地一陷。

……唉，便宜貨就是便宜貨。

胡北原悠悠地慨嘆。

周翰陽在他身邊睡下了。

他可以感覺得到那來自另一人的溫熱體溫，聞得到對方身上的淡淡香氣，奇怪的是，自家那促銷時候買一送一的便宜沐浴乳，竟然能有這麼好聞的時候。

更奇怪的是，不久前他還恨得要把照片釘在牆上當飛鏢靶子來射的人，現在卻跟他同床共枕。

這夜，胡北原睡得還行。雖然身邊多了個障礙物，有些礙手礙腳地，睡起來不能隨意舒展，但不是什麼大事。而周翰陽似乎就沒這麼幸運了，胡北原每次醒來，都能感覺到他在輾轉反側、長吁短嘆。

胡北原悲憫地想，過慣了好日子的人，適應力真的是有點差啊！

次日，是胡北原先醒來的。作為一名兢兢業業的職員，生物時鐘總會比鬧鐘定的時間早那麼一點。

他看了看旁邊那以糾結的姿勢蜷縮著的青年，不由就生出些好奇心來，於是，湊近過去看——要是能看到周翰陽什麼口水橫流、眼歪嘴斜的模樣，那就值回票價了。

可惜令他失望的是，周翰陽除了頭髮亂糟糟之外，就沒有其他的可看性了，眉眼唇鼻都一如清醒時候地端整，甚至還膚白勝雪，眼屎都無一顆。

於是，他失落地搖了搖上司的肩。

「喂——該起來了。」

青年先是皺起了眉，而後才遲疑地睜開眼，再孩子氣地伸手去揉。

「早啊——」

胡北原看他兩眼迷濛，睡得迷迷糊糊，便率先打個招呼讓他回回神。

兩人四目相對，周翰陽揉眼睛的動作做到一半，瞬間就定住了，像是被雷劈了一般，直挺挺地躺著、盯住他的臉，乾脆連那剩下的魂魄都不見了。

胡北原心想，也難怪，不是在自家床上睡覺，醒來總會不知身在何方，把自己嚇一跳的。

於是，他又和藹可親地解釋：「這是我家，你昨晚喝了酒，睡在這兒的。」

周翰陽呆若木雞地沉默了半晌，總算從那半夢半醒的恍惚裡回過神來了，把手放下來，而後神色複雜地「咳」了一聲，又像是略微羞赧地笑了一笑。

「沒睡夠吧？」胡北原問道。

「還好……」周翰陽撓一撓頭，眼下那兩輪黑圈襯在他臉上，可謂黑白分明，不過他的心情看起來倒是不錯。

趁周翰陽刷牙洗臉的時候，胡北原拐進了廚房，讓豆漿機自動把五十元一袋的黃豆磨成豆漿。

早餐一向是胡北原親手做的。原因無它，兩個字，省錢。

這年頭素包子都二十塊錢一個了，連吃三個也不會飽，更別提那稀得跟水一樣的豆漿，還得二十塊錢一杯，他不如早起十分鐘，自己在家弄個簡易三明治，營養又實惠。

周翰陽洗漱完出來，就乖乖坐在桌邊，兩手放桌上擺好，笑咪咪地等著早餐。

胡北原一邊想「真是飯來張口衣來伸手的大少爺」，一邊又覺得他那眼巴巴的樣子倒也不討厭。

起碼身為富家少爺，不嫌棄他這寒酸的ＤＩＹ早點，也算是難能可貴的品性了。

參

這天上班，因為有順風車搭的關係，胡北原平生頭一次感受到T城的交通居然也有如此便利的時候，只用了他以往一半不到的時間，就到公司了。

如果他的經理職位沒被周翰陽搶走，再努力個幾年還清房貸，那他也可以買得起車了呢！

胡北原不禁又酸溜溜地想著，這時，辦公室裡已經陸陸續續有同事來上班了，大家看周翰陽的眼神都略帶玩味，而後竊竊私語。

「周先生穿的還是昨天的衣服哦——」

「難道他昨天沒回家？」

作為當事人之一的胡北原仔細一想，周翰陽不換衣服來上班，好像還真是頭一遭，於是他又憤怒了！

同樣身為男人，他的衣服永遠都是那麼三套換著穿，天氣冷了裡頭再加件毛衣，再冷了再加一件，反覆不知道穿了幾百遍了，也從來沒人關心留意過。

而周翰陽這奢侈的公子哥兒，偶爾穿套重複的就這麼招人大驚小怪，跟個女人一樣天天換衣服，連袖釦都不同，這是把公司當伸展台嗎!?

暗戀那件小事

不過，照這麼說來，周翰陽的私生活，居然是十分檢點的。

胡北原有點不相信了。這年頭，還有這麼純情的高富帥嗎？

下午，胡北原得去送份合約。

去申請用車的時候，負責管理公用車調度的同事一臉為難，「這……抱歉啊，今天要用車的特別多，剛回來一輛，張法務還預訂了三點半要去法院呢！」

胡北原莫可奈何，真是鬱悶到不行。

回頭周翰陽知道了這件事，就跟他說：「小胡，乾脆你開我的車去吧？」

胡北原心中一喜，「真的？」

「當然。」周翰陽乾脆俐落地把鑰匙給他，「你也知道是哪一輛，自己去開吧！」

胡北原當場樂得呀，都想給上司一個有力擁抱了。

男人看車子，就跟看美女一樣，永遠有著那些遙不可及、只可貼在牆上遠觀的心儀對象，而周翰陽新入手的這台車子就是其中的極品，胡北原看著它，就跟看著夢中情人一般，光是打開車門就滿心歡喜了，更不用說駕駛座和副座的感覺，那是十分不同的。

胡北原開開心心地開著車子，慢吞吞地出了公司，新手上路，自然小心翼翼，外加百般珍惜了。

順利送完合約回來，車子行至路口轉彎的地方，胡北原一來怕死、二來愛車，就格外謹慎地慢慢開，還打了方向燈，轉到一半，就聽到「砰」的一聲，緊接著車身猛然一震！

這一聲，在他耳裡不亞於五雷轟頂。他趕緊開門，氣急敗壞地下車，去車尾檢查，果然尾燈已經破了，保險桿也搖搖欲墜。

胡北原眼前一陣發黑，好一會兒才總算穩住了心神、強忍著情緒，走向那部追尾的車子，對那坐在裡頭的車主說：「這位先生。」

坐在裡頭的車主是個年輕男子，比起胡北原的失魂落魄，他就顯得淡定多了，還在慢條斯理地打著電話。

見他一副事不關己的態度，胡北原氣急敗壞地敲了敲車窗，「請你下來。」

年輕男人這回索性對他做了個「不要打擾我」的手勢。

胡北原不由對他怒目而視，好不容易終於等到這位肇事者講完了電話，結果，此人轉頭對他說的第一句話就是：「說吧，你害我車子前面撞了，要怎麼賠？」

這簡直是活生生的惡人先告狀啊！

胡北原豈是這種無賴能嚇倒的!?不要臉的他可見得多了呢！於是他也不甘示弱地反控：「是你追尾的，我已經打了方向燈了，所以，你要負全責。」

「要我負責？」男人笑道：「你也不看看把我車子撞成什麼樣了——這是勞斯萊斯，你懂嗎？」

嗄!?勞斯萊斯了不起呀!?他開的還是藍寶堅尼呢！

「你報不報險？不報的話，我就報警了啊！」

「那你就報啊！我倒想看是讓誰賠？」

這男人看著年紀輕輕，豬八戒倒打一耙的把戲卻是如此純熟、如此胸有成竹，以這臉皮的厚度來看，多半是來頭不小，但胡北原可顧不得了。

他把上司的新車給撞了，本來就罪該萬死，結果不但討不到說法，還得反過來賠錢？開什麼玩笑！要是吞下這口氣，那他還有什麼顏面回去見周翰陽啊!?乾脆拿根繩子把自己的脖子套上算了。

怒從心頭起，胡北原一手抓住這男人的肩膀、一手抓住手腕，俐落地一使勁，就將他整個人臉朝下地壓在車上了。

男人胳膊被反壓在背後，一時有些訝異，試了試，發現反抗不了，倒也就沒繼續反抗的意思，只玩味地挑起嘴角：「喲，你想拿我怎麼樣？」

「你到底賠不賠？」

遇到這種不要臉的，胡北原也豁出去了，要是拿不到賠償，他就不放手！

男人挑著眼角、笑看著他，「我要是真不賠呢？」

胡北原正待發威，口袋裡的手機卻響了，連忙騰出一隻手、摸出來一瞧，那號碼正是周翰陽的。胡北原立刻就有點心虛了，按下接聽鍵，聲音不免地就有些低聲下氣：「周先生……」

「你怎麼還沒回來？不順利嗎？」

胡北原小心地調整了自己的音量：「不好意思啊……那個……剛出了點狀況……車子在路上撞了。」

那邊的聲音立刻拔高八度：「什麼!?」

胡北原的聲音也配合地低了八度：「其實沒有撞得很嚴重，而且一定會賠錢的……」

「人有受傷嗎？」

胡北原誠惶誠恐地回報：「這倒是沒……」

周翰陽斬釘截鐵地下了指示：「你等著——不要走開，我馬上到。」

掛了電話，胡北原瞪著那被自己按住的罪魁禍首，這下好了！拜這傢伙所賜，周翰陽還要親自來興師問罪了！他頭一次開車，怎麼就這麼倒楣啊!?

男人的臉被壓貼在曬得滾燙的車蓋上，以不太舒適的表情笑道：「哎，我說，你能讓我站起來等嗎？反正你威風也耍了、狠話也撂了，我也不會跑掉，不至於一直保持這姿勢吧？」

胡北原想想也有道理，於是放他起來。男人活動著手腕，表情似笑非笑地拿眼睛上下打量胡北原。

胡北原看他這表情，十分地不老實，估計非奸即盜，於是又警告他：「你別想要花樣啊！不然的話，我不讓你起來，你就別想起得來。」

男人笑了一笑，不知道是為他的聲勢所震懾還是怎地，還真的閉上嘴，不說話，除了眼珠子之外，其他地方也不亂動了。
沒多久，警察還姍姍來遲，周翰陽卻先到了。
胡北原見了自己的上司，頓時百感交集，又是擔憂，又是心虛，又是內疚，還沒等他想出要怎麼跟周翰陽交代，就聽見那個被他扣下的肇事者先開口了。
「哦，翰陽？」
周翰陽也回以一笑，道：「維哲，是你啊。」
胡北原頓時覺得大事不妙。
「原來是熟人。」男人從口袋裡掏出了一根菸，叼在嘴上，「我說呢，看他這樣子，也不像是能開得起這種車的人。」
「這是薛維哲，我朋友；這是胡北原，我同事。」
周翰陽用了「同事」這麼抬舉胡北原的詞，可薛維哲還是一針見血地說道：「這傢伙是你手下啊？挺潑的嘛！而且力氣不小。」
不等胡北原還嘴，薛維哲又半真半假地笑道：「不錯，是個人才。」
胡北原冷不防又被戳一刀，不免怒從心頭起，但想到他剛剛不僅撞了上司的車，還把上司的老朋友給按在車上烤了半天，一時只能先把脖子縮起來再說。
「他沒什麼經驗，要有得罪的地方，你別放在心上。」
「怎麼會？這回是我不對，修車錢多少？到時候帳單給我。」

「小事而已，不用這麼見外了。」

周翰陽一直表現得很客氣，薛維哲卻反倒十分義正辭嚴地堅持起來了，「那不行！撞了你的車嘛，當然要負責的。」

說著，真的掏出了名片朝胡北原晃了晃，「哎，那個，小胡是吧？你幫翰陽處理這事，我留個名片給你，到時聯絡我。」

胡北原忙不迭地把名片接了過來，這傢伙自己送上門了倒好，省得給他跑了。

事後回公司，周翰陽就瞪著胡北原，「你呀——」

「我很小心在開車的，只是……」胡北原連忙澄清。

「我不是說車的問題，我是說，你怎麼這麼沒眼色，還敢跟他較勁？」

「怎麼了？」胡北原莫名其妙，難道遇到無賴，還得放他走？

「你也不看看他的車牌。」

「怎麼？金子做的呀？」

周翰陽嘆口氣：「你呀……算了，我跟他是無所謂，但你一個人遇到像這樣的人，真的很容易吃虧……以後別傻了，修車才幾個錢，犯不著。」

……那可不行啊！

那叫「才幾個錢」？那個叫薛維哲的要是敢賴帳，他鐵定會跟對方打起來！

胡北原嘴裡應著，心裡卻自有打算。

不過，出乎意料之外地，薛維哲接下來表現得相當爽快，對於他的追債，沒有什麼拒接電話，東躲西藏、拖拖拉拉的行徑，對金額也沒什麼異議。雖然聲明自己的行程很滿，排不出時間，但還是很大方地乾脆請他上門來處理賠償事宜。

於是，胡北原雄糾糾、氣昂昂地上門討債去了。有公司地址、有電話，再有了住家住址，他這下還真不怕薛維哲賴帳了呢！

來到薛家要債，胡北原又有了種「有錢人真可惡」的憤怒心情。

這薛維哲和周翰陽，完全是物以類聚！物以類聚啊！用得著把住的地方搞得這麼大嗎？弄得跟個度假村似的，他從進了門開始，走了這麼大老遠，都還沒見到主屋。而且這麼一段路，大片的花花草草浪費來做什麼呢？鏟平了蓋房子來住的話，能蓋多少間他那樣的公寓啊！

胡北原悻悻然地沿著別墅繞了一大圈，才總算看見了主人、進入主題了。

屋前那偌大的一個浪費水資源的游泳池裡，薛維哲正在其中做浪裡白條狀。胡北原不由牙癢癢地，在家游泳也算「我很忙」？那他還想忙著在家睡覺呢！有錢人的架子真是大啊！

薛維哲旁若無人地游了一圈，而後停在胡北原面前，神清氣爽地從水裡冒出大半個身子，靠在池沿，悠閒地招呼道：「你來啦。」

老子早就來了！還看你表演了一整圈的自由式呢！

薛維哲朝他一笑，「不好意思呀，讓你久等了，先喝點東西吧。」

那還滴著水的古銅色皮膚，鮮明的、咄咄逼人的六塊肌，讓胡北原不由得背上一緊——周翰陽當時說得也有道理，雖然他從小是跟老爸學過點招式的，但以對方這樣的體格，真要一言不和打起架來，還真說不準誰會佔到便宜呢！

胡北原惴惴不安，謹慎地在池畔的遮陽傘下坐了。

這時，管家送來了酒水，而薛維哲也終於美人出浴，施施然地披了塊管家送來的浴巾，走過來，愜意地在他對面坐下。

胡北原不想多看他那身肌肉，免得滅了自己的威風，於是低頭把準備好的一疊資料遞過去，「因為壞掉的零件只能進口，所以價格比較高昂，單據都在這裡，請薛先生過目。」

薛維哲心不在焉地草草看了一看，笑道：「哦，沒問題。」

「那……」

「我寫張支票吧。」

「行啊。」

「我沒筆。」

胡北原立刻從口袋裡掏出了筆遞上，「我有。」

薛維哲安靜了片刻，又笑道：「不好意思，身上沒帶支票。」

胡北原心中罵道，你穿成這樣，能把支票簿藏哪兒呀!?塞褲襠裡嗎？真能裝模作樣！

臉上他還要裝出客客氣氣的微笑，「沒事，薛先生找到了再簽也不遲，我可以等。」

言外之意就是，你不簽張支票來，老子今天就不走了。

薛維哲笑道：「我們乾脆進去談吧？我順便找找。」

「行啊——」胡北原心想，我倒要看你還想玩什麼花樣！

進了旁邊那獨立成棟的小洋房，裡頭自然又是一番富麗堂皇，不必細說。

胡北原亦步亦趨的，生怕這欠債的傢伙不老實，薛維哲倒不避嫌，反而相當坦蕩蕩地當著他的面，就換起衣服來了。

雖然說都是男人，該有的大家都有沒什麼稀罕的，但胡北原還是有種瞎了氪合金狗眼的感覺，那塊塊分明的腹肌；那結實的胳膊大腿；那……嗎呀！

胡北原轉頭看窗外，免得傷眼。

好不容易薛維哲穿戴整齊，開始慢悠悠地四處尋覓起他的支票簿來了。

胡北原也拿出十成的耐心來——他不怕耗啊，他這種小人物的時間反正是不值錢的。

半天尋覓未果，薛維哲兩手一攤，微微一笑，「好像是落在公司了呢！」

胡北原心中又有千萬頭草泥馬奔騰而過，但還是笑容可掬地說道：「那，我陪薛先生過去取？」

「那倒也不用。」

參

「那，您看是要？」

「我讓人去拿吧，我們在這等著就好。」

……還真用上「拖字訣」了呀！

胡北原把雙手握在身前，作耐心狀：「行！反正不急，我今天有得是時間。」

言外之意就是，你別想隨便把我打發走！

於是兩人在沙發上坐著，隔著茶几，你望望我、我望望你。

穿上衣服，把肌肉藏起來以後，薛維哲看起來就沒有那麼殺氣騰騰、咄咄逼人的了，配上那點若有似無的笑容，還有幾分雅痞的味道。

他非但沒有絲毫被債主盯著的尷尬，倒還神態自若地跟胡北原聊了起來。

「你替翰陽做事多久啦？」

「幾個月而已。」

「哦，你是新人？」

胡北原被戳到痛處，氣不打往一處來地咬牙：「他才是新人！」

薛維哲瞭然地哈哈一笑，「喲，太子黨空降是常有的事，不用介意嘛！你看著也年輕呀，有得是機會晉升嘛！」

「……我不年輕了。」

聊了些在胡北原看來毫無營養的家常之後，薛維哲突然話鋒一轉：「哎，差不多該吃午飯了。」

胡北原心想，怎麼？想借吃飯來打發他走？

不等他想好對策，又聽見薛維哲說：「不如在這一起吃頓便飯，順便等支票簿。」

「……」這傢伙到底想什麼？難道要用一頓飯來賄賂他，然後不給賠？或者少賠？

胡北原有點摸不準了，但薛家擺上來的這一頓飯還頗豐盛，大塊的牛排、雞肉、海鮮，跟薛維哲那身肌肉很對得上號。

胡北原索性放開來吃，他沒什麼好矜持客氣的，討債的嘛……不多吃點怎麼跟賴帳的耗？

薛維哲吃得不多，倒是喝了不少酒，還一直似笑非笑地隔著桌子上下打量他著。

……幹嘛？給他精神壓力啊？他可是刀槍不入的呢！

胡北原豪情壯烈，自然吃得一直滿到喉嚨口，連明天早餐的份都一起塞進去。

而他想像中的鴻門宴，卻竟然無風無浪地結束了。末了，沒怎麼動筷子的薛維哲還露出一副飽足的滿意神態，而且，還真有人來給薛維哲送來了支票簿。

這就讓胡北原有點奇怪了。

不過，薛維哲這回倒也不再拖延了，相當爽快地大筆一揮，「這是給你的支票。」

胡北原接過來，仔細檢查了下，一毛錢不少，也沒點錯小數點，更不是假支票。

於是，賠款順利到手，雖然有點莫名其妙，但起碼今天的任務是圓滿完成了。

薛維哲送他離開的時候，甚至還笑微微地說：「有空再來啊。」

……再來？胡北原心想，難道還想撞下一次!?

旗開得勝，終於可以昂首挺胸地回去的胡北原，樂呵呵地向自家上司彙報並獻上支票一張，但周翰陽聽完他的敘述後，卻沒有對此表現出絲毫讚賞和喜悅，反而大皺眉頭。

「你去到他家裡了？」

「是呀！」

周翰陽頓時一副全身都不對勁的表情，「哎，以後你少跟他來往吧。」

「嗄？」這債都討回來了，還能有什麼來往啊!?

而且，周翰陽這話說得也未免太奇怪了。

「為什麼？」

「薛維哲這個人……有點不對。」

「有什麼不對？」

周翰陽一時間不說話了，半天才略顯煩躁地強調：「反正就是不對！你少搭理他吧！」

肆

周翰陽的叮囑，胡北原過耳就忘，沒放在心上，因為他原本就沒打算多搭理薛維哲。誰沒事會跟那種人打交道啊！又不是天天撞車……

更何況他最近更忙了。

他找了份週末晚上去餐廳當服務生的兼職。

對大多數都市裡的白領一族來說，從辦公室吹冷氣、敲鍵盤到酒樓端盤子，確實很難放得下身段。但在胡北原眼裡，兩者不都一樣是點頭哈腰，為其他人服務的工作嗎？

而且，收入才是最實在的。服務生的時薪雖然不高，但積少成多，對他目前的房子貸款來說，也是筆不小的貼補呢！還是那句話，蚊子腿也是肉啊！

週末夜。

胡北原脫下身上的西裝，換上了夜場服務生的制服。

他打工的這間餐廳地處在車水馬龍、紙醉金迷的地段，附近就是高級夜店、酒吧，燈紅酒綠、光怪陸離。

胡北原初來的時候，看見點菜單，心裡就想，要怎麼的人傻錢多才會來這裡燒錢啊！結果，他很快就發現有錢的傻子真是超乎想像得多。

這餐廳經營的是日式料理，有價格相對不那麼兇殘的無限量buffet，也有消費高昂、燈光昏暗的榻榻米包廂，樓下的餐廳相對算是中低消費，不過，來的食客通常在開門營業之前就得大排長龍。

樓上，由美女廚師負責的鐵板燒則是消費最高的區域，相對地，來的客人也就有特權可以直接穿越人群，大搖大擺地被經理迎接上樓。

這些貴賓，也就是胡北原眼裡的傻子。

通常是在夜晚時分，這些奢豪的酒客就會魚貫而入將原本寬敞的空間坐滿。一整夜，寬大得驚人的鐵板上不間斷地滋滋冒著油沫和香氣，桌上擺滿了花式繁複的刺身拼盤，來此的客人大多有年輕貌美的女性陪同，因而也益發顯得那畫面活色生香。

而胡北原就在這些紅男綠女之間，腳下生風地穿梭著上菜。

他知道這裡的食客大多是不太正經的那一類，通常是大老闆帶著附近夜店的小姐和媽媽桑來吃宵夜，個個酒意未消、神色曖昧。但他是相當盡職的員工，不論正職兼職、白天晚上，只管拿錢做事，其他的都和他無關。當然，能給多點小費是最好啦！

胡北原熟練地正給一桌剛來卻已經微醺的食客送上點菜單——

「咦？小胡？」

冷不防聽見這稱呼，胡北原當下心驚肉跳。

好在抬眼一看，來人並不是他上司，而是薛維哲。

「這麼巧啊薛先生，請問要點什麼菜？」

薛維哲會出現在這種地方，倒也不會不正常，就是那聲「小胡」叫得胡北原一陣蛋疼，暗罵學什麼不好，偏學這稱呼！現在的年輕人，怎麼都喜歡把前輩叫成「小」字輩啊！

薛維哲先把他上下來回打量了一番，笑得意味深長，「小胡你穿這服務生的制服，還挺別有風味的嘛！」

……什麼叫別有風味？他是甜蝦或者海膽嗎？

這話雖然聽起來奇怪，但客人沒提出要求，所以胡北原也就保持了淡定，敬業地送上了點菜單。薛維哲顯然對這裡的菜色爛熟於心，很快就把菜點好了。

回頭，胡北原端了兩大盤刺身過來。

薛維哲又拉住他，笑問：「你怎麼都不打電話給我？」

「欸？」胡北原一臉莫名奇妙，「打什麼電話？有事嗎？」

薛維哲安靜了片刻，鬆開了手，「你還真是……挺會玩釣人這一套的嘛！」

「嗄？」胡北原的莫名其妙又多了一層，但客人沒有其他要求，便離開去幹自己的活了。

到他快下班的時候，薛維哲又朝他招手。

胡北原當他是要結帳了，便帶著帳單過去。這一桌人點得挺多的，他來來回回上了好幾次菜，光是刺身拼盤就上了兩次，還有什麼神戶黑胡椒骰子牛、各種各樣的鐵板燒和酒水。

薛維哲看起來也不是多能吃，點這麼多只能理解成奢侈，以及沒事找事了。

「加服務費一共是十五萬三千元，謝謝。」

「這麼急？」薛維哲笑道：「我是想讓你嚐嚐這道TORO（即魚腹肉）。」

胡北原沒反應過來，嘴裡就被塞了一塊鮭魚腹肉。

那一塊肥厚、滑溜溜的四方形東西，著實把胡北原嚇了一跳！但本能地合上嘴之後，那完全沒有皮筋的、新鮮順滑的魚肉，讓他不由自主就嚼了一嚼，嚥下去了。

一瞬間，胡北原如夢似幻地想，有錢人真好啊……這種好吃到讓人一口下去眼淚都要飛出來的東西……而後，他聽見薛維哲帶著笑意的聲音：「怎麼樣？」

胡北原回過神來，「嗄？」

薛維哲似笑非笑地看著他，「是不是跟你的味道差不多，嗯？」

看著薛維哲像有幾分醉意，胡北原只能想這人多半是喝糊塗了，才說些詞不達意的胡話。

但不管怎麼說，他白白吃了塊刺身也沒什麼損失。

而薛維哲接下來也很爽快地結帳了，不但用現金，還乾脆地抽了一疊給他，笑道：「懶得數了，多的算你的，少的你補上啊。」

胡北原回去交帳。結完這一桌的帳，他也是時候下班了。

而就在他拿回屬於自己的分紅時，卻意外發現他竟然拿到了整整七千塊的小費！這在小費界真是鉅款一筆，對他這樣無姿無色的男服務生來說，簡直是飛來橫財。

於是胡北原對這痞痞的、一副不正經樣，說話也古裡古怪的年輕人立刻多了幾分好印象。

不管他跟身邊那幾個男男女女是哪種人，多給小費的就是好客人！

換下制服，胡北原心情愉悅地走在路上，冷不防有人從後拍了下他的肩——

「誰？」胡北原第一反應是揣緊口袋裡的錢包，同時警戒地回頭。

薛維哲在後邊朝他微微笑，一手還搭在他肩膀上。

「什麼事啊？」胡北原舒了口氣。是這傢伙的話，就不用擔心劫財了。

薛維哲握著他的肩，問道：「哎，時間還早，要不要跟我們去玩玩？」

「不用了吧……」這時間點哪裡還算「還早」啦!?他可是明天還要準時去公司報到的苦情上班族啊！

薛維哲往前又走了一步，路燈昏黃的光線之下，青年的表情有種怪異的、盯住獵物一般的邪氣。胡北原本能就後退了一步，幹嘛!?還真要搶錢啊!?為了錢包裡那幾千塊，他鐵定會跟對方拚了！

薛維哲再進一步，胡北原就再退兩步，直退到牆根邊上去了。

薛維哲抬起胳膊，不過並沒襲擊他死死捍衛的褲兜，而是越過他的耳畔，把雙手撐在他頭的兩側。胡北原還沒弄清楚是怎麼回事，就發現自己被以一種曖昧的姿勢禁錮住了。

高大的青年從上往下看著他（你媽的！個子高了不起嗎？），嘴角有點帶酒氣的、意味不明的笑。胡北原琢磨著，沒搞錯的話，這種畫面，在電影、電視裡頭，應該是男人跟女人才合適吧？

突然，那張臉就朝他湊了過來。

胡北原想都沒想，身體比大腦更快做出反應，以電光石火的速度身手敏捷地一側頭，而後，他的臉頰就被什麼熱呼呼、軟綿綿的東西貼住了。

他，他被個男人親了!?

胡北原還沒來得及說話，腦子裡還在開啟「這貨是喝醉了分不清男女了吧」的自動防禦模式，就聽對方發出一聲輕笑，還變本加厲又舔了他的腮幫子一下。

「小胡，你挺有意思的。」

胡北原這下再沒有別的想法了，立刻以迅雷不及掩耳之勢、以及雷霆萬鈞之力，給了薛維哲的下巴一拳，而後撒開腳丫子拔足狂奔。天啊！他遇上變態了！

胡北原差不多是連滾帶爬回去的，回到家他還驚魂未定，一晚上都惡夢連連地沒睡好。

在他那好好學習、天天向上，遵紀守法、恪守校規，跟女生拉個小手都算大事的人生裡，這晚的經歷，真太他媽嚇人了！走夜路遇見鬼，都比被個男人親來得強啊！

次日上班，胡北原魂不守舍地掛了兩個黑眼圈，身為上司的周翰陽自然對他表達了關懷。

「你怎麼了？」

「沒什麼……」胡北原心想，被男人揩油，這可不是什麼光榮的事，少一個人知道是一個吧！但轉念又想，周翰陽知不知道薛維哲的獨特口味呢？

平心而論，細皮嫩肉的周翰陽面孔俊朗、身材修長，可比他更值得被揩油得多，再加上周翰陽又跟薛維哲認識，相處的機會也多，怎麼看危險指數都居高不下啊……他不提醒周翰陽一聲，好像太沒道義了吧？

於是，胡北原決定看在吃過的那些霜降牛肉、新鮮龍蝦的份上，拋棄自尊，以身示警。

「我跟你說啊……」

周翰陽對他那鬼鬼祟祟的口氣挑起了眉毛，「什麼？」

「我只告訴你一個人，你不要去外面亂說啊，影響很不好的。」

周翰陽覺得好笑似地再問：「什麼事？」

「那個薛維哲，你要小心，離他遠一點。」

「哦？」

「他是變態來著。」

周翰陽嘴角那點笑容凝住了，過了幾秒，才道：「為什麼這麼說？」

胡北原想了下，還是選擇了較為含蓄的說法：「他會對男人動手動腳！」

青年的臉色迅速從軟到硬，又變得鐵青，「怎麼？他對你做什麼了？」

胡北原一回想起來就滿身雞皮疙瘩，搖著頭說道：「別提了，犯噁心呢。」

青年卻不依不饒地追問：「他到底做什麼了？要是發生了什麼事，你可以報警啊！」

胡北原擺擺手，「這不用了啦！」為這報警，他還丟不起那個臉呢！

「但是……」

「他就是親到我的臉而已……小事啦！」雖然他回去差點把臉擦爛了。

周翰陽不太確定地仔細瞧著他，「沒別的了？」

「當然啊，不然呢？」還能有什麼更進一步的？嘿，也太小看他的防禦力了吧!?他是個小有肌肉的健康男人，又不是手無縛雞之力的柔弱少女。

周翰陽這才像是鬆了口氣：「沒事就好。」

胡北原端著臉，表現了成年男人的豁達，「我當然沒事，就當踩了坨狗屎了。」末了他又叮囑道：「倒是你，要小心這種變態。」

「……」

「你跟他好像認識挺久了，他沒對你下過手嗎？」

周翰陽收回視線，「……沒。」

胡北原心中不由想，薛維哲還真是沒眼光。

「不管怎麼樣，總之你提防著點吧！」

「……嗯。」

胡北原還有怨氣，忍不住又加了句：「怎麼會有人有這種癖好啊！是進化未完全嗎？真是想不通。」

「……」

「想起來真是怪噁心的，這種人搞不好還有病的吧？我昨晚都夢見我臉爛了，早上起來還覺得臉上癢呢！」

胡北原滔滔不絕地說了一堆「這種人」的壞話，然後才留意到周翰陽沒再搭腔了。上司年輕的臉看起來有點僵，但又不是方才那種青色，就是略微有些蒼白，像是身體不太舒服的神色。

胡北原心想他大約是被嚇著了，便以過來人的立場安撫他，「哎，我是說得嚴重了點，你也不用太緊張。人嘛！難免會認識一、兩個不太靠譜的朋友，以後對他多長點心眼就行了。光天化日的，他對你也做不出什麼事來，大不了就揍他，我幫你。」

周翰陽又「嗯」了一聲。

胡北原突然就有點擔心了，「周先生，你沒事吧？」

「沒……」周翰陽頓了一頓，「你去給我倒杯水吧。」

胡北原端著水再進來的時候，上司就已經埋首在工作中了，他只能看見對方那柔軟髮絲的頭頂。

伍

胡北原敏銳地發現，周翰陽多多少少又像是在疏遠他了。每天在公司見面、打招呼時，年輕的上司不再對他笑得陽光燦爛，而只是淡淡地一點頭。

閒了，他也不會再被叫去陪聊些沒營養的、天馬行空的話題，周翰陽凡是叫他，必然是有正事，只要沒事，就壓根不叫他。

按理這對他來說應該算好事——作為一個力爭上游的好員工，工作時間豈是用來做那些無聊事的？但不知為什麼，他反倒開始全身不自在了。

他不習慣周翰陽冷淡的樣子……或者說對他冷淡的樣子。

這一回的冷淡，和上一回的冷戰又不同。那一次，起碼他知道周翰陽分明是在賭氣，而現在周翰陽就只是淡淡的、遠遠的、無緣無故的，像是要從他的私人生活裡煙消雲散一樣。

胡北原心想，難道，他這回……失寵了？

回應他內心的猜測似的，周翰陽在遠離他的同時，最近對另一個主管十分地和藹可親，青睞有加。胡北原從上司辦公室外走過的時候，時不時能從百葉窗裡，看見那主管坐在裡頭，跟周翰陽談笑風生，眉目傳情（？）。

每逢這時，胡北原就咬牙切齒地想，賤人！那位置是我的！

其實就工作上而言，周翰陽也談不上虧待他，不卡他的申請、沒削他的權。但這職場，就跟後宮似的，一旦有被丟入冷宮的趨勢，誰還知道明天自己能在哪兒呢？

胡北原鬱悶壞了。他真不知道自己是什麼地方突然得罪了周翰陽？憑良心說，他對周翰陽，比起以前，可是要好得多，也真心得多。

以往他對周翰陽皮笑肉不笑、口是心非的時候，周翰陽對他笑臉相迎、大獻殷勤。現在他打算盡棄前嫌，和周翰陽好好交個實在朋友，連被男人騷擾的事都不顧個人顏面跟周翰陽坦誠了，人家偏偏倒不搭理他了。

對此，胡北原心中只有哀怨的四個大字——始亂終棄。

這天，他又看見那主管居然跟周翰陽有說有笑地一起去共進午餐了。一直以來，周翰陽都只跟他一起吃飯，什麼時候輪到過別的下屬啊!?

胡北原悲憤至極，真想像抓姦一樣從暗處跳出來，大喝一聲你們這對狗男男！但現實是，他只能滿腹哀怨地站在一旁，雙手放在背後，作淡定狀目送他們離去。

胡北原心裡琢磨了千百遍，那主管到底什麼地方比他強啊？

論工作能力，他的業務水準是頂呱呱，公司上下再也找不到比他更物美價廉的好員工了；論逢迎水準，就算他巴結上司的水平不太行，可那主管也不是什麼溜鬚拍馬、舌粲蓮花的貨啊！論姿色……

……唉，想太多了。

胡北原莫名就覺得不舒服，周翰陽好幾天沒對他瞇眼笑過了，他全身上下都不舒服。他決定了，他要使出渾身解數來打破這僵局！

於是胡北原開始對上司大獻殷勤，早上咖啡下午點心；晴天打扇雨天打傘，各種噓寒問暖、關懷備至，可惜對周翰陽都成效甚微。

不過胡北原一向愈挫愈勇、堅持不懈，當然不會這麼快就氣餒。

這天，無意聽見周翰陽抱怨附近餐廳的午餐太難吃，他回頭下班就特意去了趟超市。

次日胡北原起了個大早，天濛濛亮地就下廚，下足血本地炒了幾個菜——蒜香魚塊、茭白雞丁、香菇炒雞蛋、鮮炒四季豆，有葷有素、搭配得宜，都是好下飯的便當菜。

而後，他把這色香味俱全的愛心便當精心打包好，帶去公司。

到了中午用餐休息時間，他便抱著便當，一腔熱血地敲響了周翰陽辦公室的門。

周翰陽抬頭看一看他，頓了一刻，才問道：「有什麼事？」

胡北原雙手將便當獻上，熱情洋溢地邀請他年輕的上司，「周先生，今天我帶了便當，一起吃吧？」

周翰陽像是愣了一愣，再看他一眼，而後搖頭，「不了，我等下約了客戶吃飯。」

「……」胡北原厚起臉皮，往前傾了半個身子，繼續殷勤地推銷：「我做了兩人份呢！要不，你先嚐點，墊墊肚子，然後再去？」

周翰陽立刻朝後仰了一仰，保持兩人之間的距離似地靠在椅背上，略微生疏地說道：「不好意思，我馬上就要走了。」

「……」胡北原很是自討沒趣，訕訕地用手指把桌上的飯盒撥了回來。

出了辦公室，有好事的同事對著他開玩笑，「哇，你給周先生發便當啊？」

「……」

「喂，要巴結周先生，這樣也太寒酸了吧？」

……老子才不是巴結他呢！

胡北原坐回位子上，邊嚼著他的米飯，邊看著周翰陽目不斜視地大步穿過這片辦公區域，一直到進了電梯間，只留給他一個疏離的背影，突然有了種幽怨以外的感覺。

MLB（美國職業棒球聯賽）的兩支隊伍，這週末會來T城做表演賽。

得知這消息的時候，胡北原眼前頓時一亮，棒球在國內雖也算是十分風靡，但受眾遠不如籃球之類來得廣，對大多數人，比如胡北原而言，觀感就只有三個字，「看不懂」。

但，周翰陽很喜歡。他小時候在美國生活，棒球對當時他那年紀的青少年來說，是校園生活當中不可缺少的一部分。

可惜，回國以後他就難以找到志趣相投的朋友了，雖然有相關的職業比賽，但電視台卻甚

少轉播那些棒球迷們的盛事，資源有限，周翰陽也就只能把這愛好擱在一邊。

要嘛趁假期飛大老遠去看比賽；要嘛偶爾跟胡北原聊天的時候，提提當年校隊的逸聞趣事。胡北原還看過他珍藏的一顆簽名球，雖然上面那寫得龍飛鳳舞的什麼英文名字他壓根不認識，也記不住。

有ＭＬＢ的活動，想必周翰陽是不會錯過的。

週末就在眼前了，胡北原趕緊找朋友幫忙買票。他朋友的女朋友的表親擅長弄到各種門票，也就是所謂的黃牛。

「什麼!?八千八一張？搶錢呀你。」

「呀——很好的位置呢！這價格算你便宜啦。」

胡北原一番天人交戰之後，還是心如刀割地說：「來兩張吧。」

……真是作死啊，沒事喜歡什麼球賽？像他這樣基本沒有愛好的人，多省錢啊！

「兩張？你跟朋友去看嗎？」

「是啊。」

「女朋友？」

「……」

「喲，你小子不錯嘛，總算知道要追女生了，好啦，再算你便宜一點吧！」

胡北原也不由反思，做便當、送門票，這不是追女生用的招數嗎？他只差舉著玫瑰花去周翰陽家門口堵人了。

自己作為一名大好青年，為什麼行徑會變得這麼詭異？

但糾結歸糾結，他還是瞧準上司清閒並且心情不錯的的時候，又興沖沖地去找他。

「周先生，這週末的棒球賽，你有沒有興趣？」

「……」周翰陽抬頭看一看他，並不馬上回答，只反問：「怎麼了？」

「我有兩張球賽的票，位置很好的，你要不要去看？」

周翰陽說道：「多謝你，不過，我之前就已經買好票了。」

「……」

「不好意思。」

「……」

「你約別人吧，比如蘇沐他們。」

約別人？開玩笑！八千多塊的一張票！周大少爺以為是隨便誰都可以去看的嗎!?

胡北原又是沮喪，又是心痛，一時之間五味雜陳，悲愁交加，說不清是哪種類型的鬱悶更多一些。

低落的情緒一直持續到了週末。

伍

沒約到人不說，大好的休假日他還得起個大早，頂著大太陽窩在賽場外，跟一堆黃牛擠在一起，皮厚嘴甜、舌粲蓮花地力爭把票賣出手。

因為時間太遲，最後票只轉手出去一張。

剩下那張貴死人的票拿在手上，著實燙手，自己去看吧……心疼！不去看吧……更心疼！最終，眼看也賣不掉了，胡北原還是決定自己進場，就當是見見世面吧！也順便體會一下，周翰陽喜歡的到底是什麼樣的東西？

在萬頭攢動的賽場裡，艱難地尋找到自己位置的時候，胡北原看到同一排隔了幾個座位的地方，有個俊朗的年輕人，因為身材出類拔萃地修長，皮膚又白皙，在這烈日底下猶如陶瓷一樣反著光，就分外的醒目。

這不是周翰陽又是誰？

「周先生！」胡北原精神為之一振，頓時連聲音都響亮起來。

青年聞聲往他這裡看了一看，神情先是意外，而後就說不清是什麼了。

胡北原經過數番厚臉皮的努力，總算一路把位置換到周翰陽旁邊去。

挨著周翰陽坐下，他不由自主地就一陣高興：「這麼巧啊周先生。」

周翰陽朝他點了點頭，有所保留地微笑了一下。

胡北原因為高興，也不在意他那不冷不熱的態度了，只一門心思地湊上去套近乎。

「這麼熱天，你曬不曬啊？要不要帽子？」

「……」

「喝水嗎？我多帶了一瓶。」

「……」

「今天真的很悶，扇子要不要？」

「……」

「啊，一絲風都沒有呢，要毛巾擦汗嗎？」

「……」

胡北原熱火朝天地忙前忙後、不可開交。周翰陽對於他的殷勤，就只微微抿著嘴唇，垂下眼簾，避免和他對視似的，一言不發。

好在比賽一開始，周翰陽的神情立刻就變得不再那麼冷淡。畢竟是年輕，一旦注意力被吸引，顧不得繼續矜持，所有的情緒就一股腦兒都寫在臉上。

棒球飛上高空的時候，周翰陽就孩子氣地爆出一陣歡呼，接下來，隨著那顆球接二連三地被擊飛出去和被接住，他就時而鼓掌、時而握拳。

胡北原看得一頭霧水，他覺得比起那瘋子一樣拿棍子揍飛一顆球，然後就滿地亂跑的比賽，身邊的周翰陽倒還好看些。

周翰陽又一次歡呼過後，胡北原就忍不住就問他：「剛那個是，贏了嗎？」

周翰陽很興奮地回應他：「是得了一分。」

「哦……」

「那個人現在在幹嘛？」

「他在跑壘。」

「這次怎麼不跑了？」

「因為剛剛的打擊者打得不好，時間不夠他跑到下一壘。」

周翰陽不知不覺就成了他的現場解說。胡北原在喋喋不休的勤學好問之下，大概也能弄明白這比賽究竟是在做什麼了。

「棒球其實很好玩的，它是一項結合競技和智慧的完美運動。」

壘上的跑者又一次讓人捏把冷汗地冒險盜壘成功，又得了一分，周翰陽歡呼之餘，滿臉都是鮮活的光彩，「你看，它並不需要很大的運動量，除了必備的力量和速度以外，它要求的是你迅速思考、及時做出判斷的能力。像剛才那個球員，他有很大可能會出局，也有一定機會能安全上壘，到底要不要跑？只有一瞬間給他做決定的。」

話匣子一打開，他就恢復成胡北原所熟悉的那個，暢所欲言、天真爛漫的年輕人了。

「我小時候，常跟我爸爸去看ＭＬＢ的，還等著和球星一起合影。」

「……」

「你知道嗎？所有的小孩子，看比賽的時候都有一個心願，就是撿到一顆全壘打打出來的球。」周翰陽笑道：「不過我從來都沒搶到過呢！」

比賽過了漫長的三個小時，比分依舊是五比五持平，到了最後一局，胡北原屁股都隱隱作痛，有點要坐不住了。這玩意兒可比籃球、足球耗得久多了呢！

眼看天色不是很好，悶熱之下，漸漸有點黑雲壓城城欲摧的感覺，他便問周翰陽：「看起來像是快要下大雨了，要不要先走啊？」

周翰陽還在全神貫注、目不轉睛地看著場上的球員擊球，聞言便瞪大了眼睛，「比賽還沒結束呢！」

「但反正也是打平吧……」都平局這麼久了，再過十分鐘會有差嗎？

周翰陽笑起來，很有點陽光燦爛的味道：「那可不一定呢！」

「……」

「不等到最後一刻，你永遠是不知道球場上會發生什麼的。」

「……」真是充滿夢想的年輕人啊！

胡北原昏昏欲睡地看著那反覆地跑壘失敗，終於到了最後一個打擊者的最後一球，比賽馬上就要這麼騙人地結束了。

打擊者一個有力的揮擊，「砰」，而後全場猛然爆發出來的歡呼聲讓胡北原跟著清醒過來，雖然他不懂球，但也看出來了，這是一個漂亮的全壘打。

在這勝負已分的喧鬧裡，那棒球在空中劃出一道優美的弧線，最後飛向觀眾席。人群益發

沸騰起來，胡北原眼瞅著那黑影朝他面前飛來，本能地伸手去擋，而周圍十公尺內的觀眾早已聞風而動，一時間蜂擁而上，現場搶成一團，飲料灑了、薯條倒了、帽子也飛了，胡北原在這歡樂的騷亂裡實實在在跌了個狗吃屎，但他混亂中也確實抓住了一個東西——

「……我拿到了？」胡北原有點不敢相信自己的好運氣。

他瞪著自己手上那不知怎麼抓到的、圓溜溜的東西，再三確認之後，也忍不住激動了起來，開始語無倫次：「拿到了，我、我、我拿到了！」

原本那些打破頭的、大大小小的競爭對手們這時候也都笑了，大方地向他表示祝賀。

胡北原掙扎著爬起身，把球抓著高高舉起來，就跟拿了座獎盃一樣自豪不已。興奮之餘，不由自主地，他就和身邊朝他笑著的青年來了一個慶祝的熱烈擁抱。

這是他們之間的第一個擁抱。周翰陽的胳膊很有力、胸膛也結實，滾燙，胡北原能感覺到他那帶了汗味，然而依舊好聞的，熾熱的氣息，還有猛烈的心跳。

但這擁抱沒有持續多久，他都沒從那陣高興裡回過神，周翰陽就已經猛然一把將他推開了！用力之大，讓他還不甚美觀地往後踉蹌了一下。

「……」這會不會太失禮、太傷人了呀？

周翰陽在他開口之前，就先倉促地笑了一笑，「不好意思，我比較怕熱。」

「……」真是嬌生慣養的公子哥兒，不過呢，他大人不記小人過，就不計較這個了。

「給你。」胡北原大方地伸出手、把手上的球遞了出去。

「欸？」

「你不是一直想要一顆這樣的球嗎？」

周翰陽看著他。

「拿去吧！」

周翰陽像是猶豫了一陣，終於伸出手，「謝謝。」

拿球的時候他的指尖碰到他的掌心，有種異樣的熱度，而後很快就收回去了。

胡北原挨著周翰陽，兩個人走在離場的人潮裡，不可避免地就走得近了。開心之餘，他又在絞盡腦汁地想還有什麼示好之舉可以做？可惜他的手段實在乏善可陳，絞盡了腦汁還是只能提出老套的邀請：「都差不多餓了，順便一起去吃飯吧？」

託薛維哲的福，他把那份晚上打工的兼職給辭了，目前還未找到下家，無工一身輕，有得是多餘的時間，正好用來跟上司修補搖搖欲墜的職場關係。

周翰陽聞言望向他，遲疑了一下，不知道是不是因為剛收了他一顆棒球的人情，並沒有馬上開口拒絕。

胡北原趁熱打鐵，「你看，那邊有間自助烤肉店，晚餐一人七百九十元，包酒水，消費滿一千還送三百元的抵用券呢，一個人吃虧，兩個人剛好。」

「……」周翰陽似乎微微嘆了口氣，越過胡北原走向他指的那間烤肉店。

伍

兩人進了餐廳。地方不大，菜色也不多，不過還算乾淨。

剛找地方坐下，服務生就先來按人頭結帳了。

眼看周翰陽要掏錢包，胡北原忙制止他，「我來、我來！」

「不用……」

「難得我請你一次，不要客氣啦！」

「下次吧。」周翰陽笑了笑，不顧胡北原的拉扯推擋，依舊執意要從錢包裡抽出鈔票來。

胡北原見狀，情急之下只得一把抓住他的手，不讓他得逞。那手掌，原本是力大無窮地固執著的，但在他的手心裡，卻突然一下子失去力量一般，而後無聲無息地，迅猛地從他的手指之下抽了回去。

「來、來——喝酒，吃肉！」胡北原成功搶先付了錢，而後，第一次為掏錢這種行為而感到由衷地高興，興致勃勃地吃了不少肉。而周翰陽似乎對這裡的粗糙肉食沒有太大胃口，也不太領略他那頻頻夾菜到碗裡的殷勤，只默默地喝了些啤酒。

吃完出了餐廳，胡北原又體貼地替他考慮：「喝了酒，就別開車回家了。」

「嗯。」

「這邊走過去二十公尺就是捷運站了，也別叫計程車了吧，我送你搭捷運回去，比計程車反而快多了呢！」

胡北原的想法十分經濟，但沒預料到的是這一班捷運的人潮是如此地擁擠，隨著到站的人流進出，車廂裡的空間愈來愈小，胡北原真是恨不得爸媽當初少給他生一隻腳，這會兒連金雞獨立的地方都快沒了。

更慘的是周翰陽，這種嬌滴滴的、瓷人一般的公子哥兒，想來也沒吃過這類苦頭，現在卻跟他一起，兩個人都快被擠成一張合照了。

在這簡直能在全球稱冠的人口密度裡，胡北原幾乎透不過氣來。車廂裡各種汗味、臭味、香水味，交織成一種說不出的奇怪味道，幸而他的鼻子是貼著周翰陽的脖頸，氣息還是好聞的，一點暖、一點甜，像是這一片汙濁裡的唯一一股清流。

而比起他的苦中作樂，周翰陽就像是已經到了苦不堪言的頂點。胡北原能感覺得到他那忍無可忍地繃緊了的肌肉、困難地憋住了的呼吸，他甚至還在盡量拉開兩人之間的距離——雖然從實際操作上來講，這是沒有任何可行性的。

全程周翰陽都仰著頭，一句話也不說，除了偶爾一點悶哼之外，沒有其他聲音。

胡北原不無愧疚地想，早知道不該省那個錢來坐捷運的。周翰陽一個人住那麼大棟的房子都不嫌空得慌了，又哪像是受得了這樣人擠人呢？更別說多半還有潔癖……他辦事還是欠妥當啊！

好不容易熬到終於出了捷運，胡北原覺得只剩薄薄一片的自己總算恢復了彈性，不由站著做了幾個擴胸和拉伸運動來舒展身體。

周翰陽這回沒有再等他犯完傻的意思，自顧自往前走。胡北原忙在背後叫住他：「周先生，不如我乾脆送你回家吧？」

青年回答得很乾脆：「不用了。」

「呀，都到這裡了，也不差那一段，順便還能聊聊……」

周翰陽並沒有回頭，只突兀地說道：「小胡，你不需要這樣……」

胡北原收住腳步，對方那樣拒人於千里之外的口氣，讓他突然覺得有那麼些微的不對，和不安。

「就這樣了，你回去吧。」

「……」是啊，他雖然一腔熱情，終歸還是欠周到，也不大方。送自製便當、吃平價烤肉、坐便宜捷運，這些是最真實的他，但對周翰陽來說，也許太低等了。

胡北原過了一陣，還是忍不住說：「周先生，你看不慣我哪裡？我可以改啊！」

「不……不是你的問題。你不需要改，沒有必要。」

「那是什麼問題呢？」

周翰陽安靜了一會兒，依舊沒有回頭：「我只是覺得，也許我們其實並不適合做朋友。」

「……」不知道為什麼，這似乎是他這段時間以來聽到的，最傷人的話了。

陸

胡北原當天回到家，就中暑發燒了。不知是著急上火還是怎麼地，睡到半夜，他硬是給疼醒了，於是發覺嘴裡竟然都破了，嘴角還起了一溜的水泡。

他都不知道自己是哪裡來的心火!?這下痛得他連水都喝不下，因為那些水泡的關係，嘴也張不大開，只能嘶嘶吸著氣，輾轉反側地挨到了天亮。

早飯一時是沒法吃得進去了，胡北原只能給自己泡了一大杯涼茶，忍著痛，邊喝邊漏地硬灌下去，就當肚子裡有東西墊著底，而後就去上班。

到了公司，眼看電梯門正好快要闔上，胡北原連忙一個箭步衝過去，邊大喊：「等一等！」

這忘形地一下大張嘴，話音未落，胡北原就已經痛得臉都歪了。好在電梯裡的人及時幫他按住了，原本快閉攏的門再次緩緩打開，他一眼就看到裡面那衣冠楚楚，一手插在口袋裡，一手拿著咖啡的周翰陽。

兩人乍一對視，愣了那麼一秒，都不約而同地把眼光移開了。

電梯裡只有他們兩人，在上升的這幾秒裡，未免安靜得略微尷尬。胡北原盡量避免去直視自己的上司，他極力調整可以讓周翰陽遠離自己視野範圍的姿勢，然而光亮的電梯壁就猶如明鏡，讓人又沒法看不見眼前。

比起周翰陽的衣著筆挺、神態清朗，他不僅嘴歪眼斜、面色憔悴，連襯衫都是皺的、脖子上那條便宜領帶還繫歪了，更別提上面還有早上喝不進嘴裡的那些涼茶滴落痕跡。

奇怪的是，這些差距，他為什麼到今天才真正清楚地看見呢？

到了樓層，臨走出電梯門的時候，周翰陽突然在背後叫住他。

「小胡。」

胡北原猝不及防，心頭怦地一跳，立刻就把腳收住了。其實只有兩、三秒而已，但感覺上又漫長得足以讓他腦裡亂七八糟地想了一大堆的可能和假設。

而後他聽到周翰陽說：「我希望，昨天我說的話，不會影響到我們的工作。」

「……」

「這會有問題嗎？」胡北原回頭瀟灑一笑，「周先生多慮了，怎麼會呢？」

其實做不了朋友，並不是什麼大事，不是嗎？

他原本也沒打算高攀周翰陽。上司就是上司，做下屬的工作表現好點，力爭能有升職機會，這就差不多了，若要稱兄道弟交朋友什麼的，那就過了。

像周翰陽現在這樣清楚分明，公就是公、私就是私，才是正確的職場精神，才是值得他仿效的。

他是挺鬱悶的，但發燒和上火都只是小問題吧，怎麼就能這麼難受呢!?

上了半天班，胡北原感覺更糟了，全身上下都痛，皮膚痛、骨頭也痛、眼睛痛、嘴巴痛、鼻子也酸。他坐著不舒服，站起來更不對勁，連心口都一陣一陣地悶，連他都不曉得這到底什麼毛病呀!?

送文件去給周翰陽簽字的時候，青年像是多看了他兩眼，而後問道：「你還好吧？」

胡北原驀然就跟被踩了尾巴一樣，怒從心頭起，什麼叫「你還好吧？」，他現在有什麼不好的嗎？難道就因為被說了句「我們不適合做朋友」，他就要心如刀割、傷心欲絕嗎？不跟他做朋友了，他就不能心平氣和，開心度日嗎？

於是他怒髮衝冠地回嘴道：「你想太多了！我哪不好了？什麼事讓我不好了!?我現在好得很！」

周翰陽愣了一愣，才溫和地解釋：「我的意思是，你好像生病了？是發燒了吧？要不要請假去看看醫生？」

胡北原更鬱悶了，「不用。」全勤獎沒了他找誰要呀!?

周翰陽頓了頓，又說：「身體不好你就休息吧，公司的病假也不是擺設。」

「不需要。」

上司對下屬的人文關懷，這時候他一點都不受用。

這天的午飯，胡北原也索性不吃了。反正嘴裡到處都痛，連青菜都嚼不下去，不如省了這個錢。

但這股由內而外、上上下下的難受勁，直接影響到他的工作效率，坐在電腦前，精神老是不能集中，沒一會兒就走神、沒一會兒就胸悶氣短，到快下班的時候他還是沒把事情做完，桌上還亂七八糟地疊了一堆文件，看著足有半尺高。

下班前，周翰陽特意來跟他說：「你先回去吧，做不完明天再來，不用加班了。」

「行！我不賺你的加班費，我帶回去做還不行嗎？」

「……」

胡北原還賭著一口氣，一天沒吃東西，也實在餓得慌，回家的路上沒忍住，在街邊買了兩個雞蛋煎餅。

雞蛋餅聞著還是很香的，熱氣騰騰，揣在懷裡覺得挺誘人，而且溫暖實在，可一回到家，當真吃起來，因為嘴裡潰瘍傷口的緣故，那感覺就跟含著滿口釘子似的，什麼味道也吃不出來，光剩下疼了。

胡北原最後也只能胡亂嚼幾下，就當是牛在吃草一樣，囫圇吞棗全給嚥下去了。他一直覺得除了吃飽穿暖之外，人生別無大事。但這回填飽肚子以後，也並沒有半點好起來的感覺。

就算是這樣，他還得把帶回來的活幹完，免得周翰陽又認為他不對勁，私人情緒導致「影響工作」。

就跟頭倔驢一樣在電腦前忙活了好一會兒，胡北原開始覺得肚子有點不舒服，隱隱的痛感就像是脹了氣似的。

他還沒覺得有什麼，繼續做他的工作，認為大不了等下多喝點熱水就完了，哪知道，只在他打完兩行字的時間裡，那疼痛就從蠢蠢欲動，變成勢不可擋了。

上一秒，胡北原還在捂著肚子坐立不安，下一刻，他就只能在地上打滾了。

他掙扎著去了洗手間。

好不容易等那一波令人不知如何是好的疼痛暫時過去，卻又開始覺得犯噁心，忍不住嘔了一下，這不嘔還好，喉頭這麼一動，胃裡的東西頓時就翻江倒海一樣，擋不住地在往上湧。

胡北原身不由己地趴在洗手台上，克制不住地大吐特吐，更糟的是他還被自己的嘔吐物給嗆住了，又是咳又是喘，好不容易緩過氣來，肚子又開始絞痛，更糟糕的是痛過這一輪之後，就跟接力賽似的，翻天覆地的嘔吐感又來了！

胡北原都不知道自己一天只吃了那麼點，吐出的這麼多東西到底是哪裡來的？在天旋地轉與呼吸困難裡，他都不禁懷疑，他的肝膽肺還在嗎？還是已經被吐出來了？

就這麼折騰了一陣，只覺得整個人都要虛脫了的胡北原都站不住了，只能以爛醉的酒鬼般的姿勢癱坐在地上，沒有力氣，也無法思考，感覺神魂飄飄蕩蕩的。

在這虛弱帶來的絕望裡，他不由得就想，難道我要這麼掛了嗎？悲慘的是，他隻身來這城市打拚多年，居然連病了的時候可以緊急聯絡的朋友都沒一個……他能不是正宗魯蛇嗎？

正當這傷春悲秋的時候，手機響了。

胡北原奄奄一息地接了起來。

「你好，我是周翰陽。」

「……」

「我想問一下，那份報表，你今晚做得完嗎？如果做不完的話……」

難得有個人記得他的存在，還是為了「工作」！胡北原不由得就悲從中來。

那邊像是覺察出一絲不對勁，於是問道：「小胡？」

「……」

「怎麼了？你還好嗎？」

胡北原正要回答他，怎奈胃裡又猛地鬧騰開來，這回他沒撐到洗手台，趴在馬桶邊上就開始聲勢浩大、雷霆萬鈞兼搜腸刮肚地開吐了。

也不管上司的電話是什麼時候掛斷的，等這鬧掉半條命的折騰終於略微告一段落，胡北原緩過氣、回過神來，步履蹣跚地扶牆出了洗手間。

突然，他就聽見外面大力地、催命一般的拍門聲，大有再不開就要破門而入的勁頭。

胡北原一邊在心中怒罵，一邊心疼自己花了不少錢安裝的鐵門，一邊忙掙扎著去開門。

而後，他在外面走道的燈光裡，看見一張熟悉的、鐵青的臉。

「你沒事吧？」

「……」

「你到底怎麼了？」

胡北原被青年那遇神殺神、遇鬼殺鬼的氣勢所震懾，一時也忘了賭氣，只能囁嚅地說道：「我……肚子疼。」然後又因為應景的一陣絞痛說不出更多話來，臉當下就歪了。

周翰陽不再多話，只斬釘截鐵地扔下一句：「去醫院！」而後一步進來，毫不含糊地、直接就把他打橫抱起。

胡北原在被抱著下樓的過程裡，糊裡糊塗地想，為什麼是這種抱法？他就這樣頭靠在周翰陽胸前，手還繞著人家脖子的姿勢，是不是有哪裡不對勁啊？

不過這樣可能又比趴在背上要舒服一點，唉，不管了……

經過急診的一番折騰，胡北原躺在病床上，百口莫辯狀，掛著點滴。

他覺得有點小題大作了，急性腸胃炎嘛……拉一拉、吐一吐、再養一養也就好了，買點藥吃他都嫌浪費錢，還躺在這兒打點滴？但這話他不敢說出口。因為，周翰陽已經不重複地罵了他半個鐘頭了。

青年還在床邊沉著臉數落他：「這麼大的人了，還不知道照顧自己？不舒服就要去看醫生，這是連小孩子都懂的事，你倒好，完全不放在心上，還變本加厲，你能為自己負點責嗎？」

他也知道他是這麼大的人了呀？那就別把年長的對象當小孩子一樣訓吧……

不過訓歸訓，雖然沒什麼好臉色，周翰陽還是耐心地等著他打完點滴，再開車把他妥妥當當地送了回去。

胡北原吃了藥，裹在被窩裡做蠶繭狀。周翰陽坐在床邊，幫他把杯子裡涼了的水換成熱的，壓好被角，「我放你幾天假吧。」

胡北原立刻拒絕：「不用。我明天就能上班。」

「全勤獎這種東西你就別在意了。」

「……」也不需要直接說穿吧。

「我真的沒事。」

周翰陽也沒再堅持，只說：「我買了麵包和清粥還有一點小菜，你明天早上看著吃吧。自己小心點。」

「……謝謝。」

這樣的周翰陽，又像是在真正關心著他的，並不是上司體恤下屬的那一套了。

青年又坐了一會兒，而後說：「那，我先回去了。」

「嗯……」

因為之前鬧得太累，很是困乏，胡北原躺在那裡，床褥溫暖柔軟，他迷迷糊糊的，沒等周翰陽走出門，都快要睡著了。

那輕輕闔上的門，就像一場夢一樣。

次日醒來，胡北原感覺良好，十分神清氣爽、心情舒暢，也不知道是因為吊的點滴、吃的藥相當見效，還是什麼別的緣故……總之比起昨日的天翻地覆、死去活來，他覺得現在一切都恢復正常了，包括周翰陽的態度。

於是他在公司看到周翰陽的時候，就給了對方一個陽光燦爛的笑容。

「周先生早。」

周翰陽望著他，像是愣了一會兒，而後才略微猶豫地點了點頭，「早。」

送文件給周翰陽的時候，胡北原特意還給他帶了杯咖啡。周翰陽看了看他，又看看咖啡，像是欲言又止，但終究也沒說什麼，只低頭在文件上簽了名，而後遞還給他。

待要走出辦公室的時候，胡北原突然聽得周翰陽在背後叫他：「那個……小胡。」

胡北原心口又是猛地一跳。

「有句話，我不知道該說不該說……」

「什麼事啊？」胡北原盡量鎮定地轉過身。周翰陽會想跟他說什麼呢？也許是，為了之前的事向他道歉？打算收回前言？

「我希望你不要誤會。」

胡北原呆了一呆，「嗄？」

「我沒別的意思。任何員工病了，我都會給予照顧的。」

「……」

「我那天在捷運站跟你說的話，是認真的。」

胡北原沒能反應得過來。

「麻煩你幫我把門帶上。」

「……」胡北原站在門口，一時弄不明白了。

周翰陽這是耍著他玩嗎？

想了半天，他又總算明白了。這也不能怪周翰陽，是他自找的。人家前幾天都已經把話說那麼絕了，是他還追著、趕著在犯賤。

對周翰陽，他是再也沒有好臉色了。

可讓胡北原窩著一肚子的火的是，周翰陽都把話說到這份上了，他還不肯有骨氣地及時止損，心裡竟然依舊死皮賴臉地惦記著周翰陽，只要周翰陽那邊有個風吹草動，哪怕只是朝他這裡轉過身來，或者朝他這裡額外看上一眼，他就各種心頭鹿撞、魂不守舍、充滿期待。

然而，周翰陽還根本就不是在看他。

每當這時，胡北原就不由深深地唾棄自己，男子漢大丈夫，不就是少了個朋友嗎？為什麼會百般糾結，像個被人甩了還死心塌地的哀怨少女一樣呢？

就連路上經過某家餐廳，他都會不由自主地回想往事、浮想聯翩。以前周翰陽請他來過這裡，他當時什麼別的都沒在意，光記得一杯咖啡的價錢趕得上一碗魚翅了。

而現在，卻只想起周翰陽笑咪咪的臉。

一邊心中暗自感慨「等閒變卻故人心！」，一邊不經意地往裡面看了一眼，而後就跟心有靈犀沒兩樣，胡北原透過落地玻璃窗，還真的看見周翰陽了。

第二眼他又看見另一個人，不由得就呆了一呆——坐在周翰陽對面的不是別人，正是薛維哲。

關於「到底要不要多嘴」？

在「這如今不關我的事吧」和「好歹曾經朋友一場，我不能不出聲呀」之間糾結了一晚上，第二天胡北原沒忍住，還是去找了周翰陽。

「周先生，有個事我想問你。」

周翰陽抬頭看他，「什麼？」

「我昨天看見你和那個人一起吃飯。」

周翰陽挑起眉毛，「嗯？誰？」

「就是那個人。」

端詳著他那略微嫌惡的表情，周翰陽終於「哦」了一聲，才說：「你指薛維哲？怎麼？」

對於他的不以為意，胡北原提醒道：「我記得我跟你說過，他是GAY啊！」

「那又怎麼樣？」周翰陽轉了下手上的筆，略微後仰靠上了椅背。

胡北原難以置信地脫口而出：「他是那種人，你還要繼續和他交朋友？」

「有什麼問題嗎？」

「怎麼會沒問題？你不覺得危險嗎？」胡北原只覺得氣急攻心，周翰陽顯然完全不把他的話放在心上，也不把他的關心當一回事。

「危險？」周翰陽笑了一笑，但他的眼裡並沒有笑意。

「他喜歡男人的呀！你跟他來往，那不是……」

「你喜歡女人，你跟公司的女同事來往，她們不也很危險？蘇沐不是更危險？」

這話裡咄咄逼人的惡意，讓胡北原一時說不出話來。

「你……」

「這只是個人的喜好問題，就像有的人喜歡吃魚、有的人喜歡吃菜，我不覺得一個人需要為自己的喜好而被審判，還有承受你這種人的偏見。」

「……」

「和什麼人做朋友，這是我的自由。至於什麼樣的人才能做朋友，每個人也都有自己的標準。在我看來，我跟你做不了朋友，但我跟他可以。」

胡北原毫無還手之力。

他突然意識到，周翰陽這次是很堅定地在和他劃清界限了。

周翰陽寧可選擇薛維哲，也不願意選擇他。的確，他是對薛維哲有偏見，但這偏見，是為了保護周翰陽而生的，而周翰陽卻為了保護薛維哲，毫不留情地反過來攻擊他。

原來，他才是這份人際關係裡，多餘出來的那一個。

這種突如其來的茫然擊中了他，讓他一時間失去了方向。

當天，是個傳統的小節日。

晚上胡北原的公司照例要聚餐。公司在這方面一向大方，餐廳豪華，菜色更不含糊，大家都樂得參加，包括大病未癒的胡北原。

各部門的同事熱熱鬧鬧地把整層餐廳都坐滿了，胡北原他們部門來得晚，佔了最後一桌，周翰陽更是姍姍來遲，滿桌就剩胡北原邊上剛好有個空位。

沒等胡北原做好那點尷尬的心理準備，周翰陽就像是看不見那把空椅子一樣，逕自走到同一桌的王祕書身邊，笑道：「麻煩挪一挪，給我騰個地方吧。」

這不止是冷淡，這已經是迴避了。

對於這份刻意和敵意，胡北原有點快要按捺不住那股無名火。做不了朋友，也就算了，何必這麼當他是瘟神一樣躲著呢？難道怕自己會死皮賴臉巴著他不放？

席間觥籌交錯、無限暢飲，大家難免陸陸續續起身去洗手間。胡北原在鬱悶地邊解決個人問題，邊對著牆壁發呆的時候，正巧周翰陽也進來了。

一見他，周翰陽就立刻站住了，露出一臉不知道是要進還是要退的尷尬神色。

胡北原提著褲子，轉頭跟他一對視，周翰陽當場就後退一步，果斷落荒而逃了。

……有必要嗎？都到了連上個廁所也要避開他的地步了？他就這麼討人嫌？

只覺得一股火苗從頭頂倏地竄了出來的胡北原，迅速沖了手，不依不饒地追了出去。

「周翰陽。」他在後面，看著那熟悉的、一度親切過的背影，不由得就五味雜陳、咬牙切齒起來。

這是第一次他當著上司的面直呼其名，周翰陽果不其然地，也略微詫異地收住了腳。

胡北原三步併成兩步，直逼到他面前，「我希望你跟我說清楚。」

周翰陽略微遲疑了一下，而後道：「什麼？」

「你知道我在指什麼。我是做錯了什麼事，導致你對我很有意見嗎？」

周翰陽飛快地看了他一眼，「沒有啊。」

胡北原見狀益發惱火，「那你這種態度怎麼解釋？」

周翰陽掉轉開眼神，「什麼態度？」

「就是這種態度！」胡北原真是氣壞了，惡狠狠地就捧住他的臉，把他硬是轉過來和自己四目相對，「你他媽的敢不敢看著我說話你!?敢不敢啊你!?嗄!?」

周翰陽和他鼻子對著鼻子，一時間像是說不出話來，過了一陣，才咳一聲，說道：「這和你沒關係，只是我自己的問題。」

「你的問題？那你到底是有什麼問題？」

周翰陽被他逼近到角落，退無可退，終於硬是拉下他的手，再次把臉轉開，「這是私事，我們倆之間，能不能只談工作相關的東西？」

胡北原氣得鼻子都要歪了，「好，要談工作是吧！那我就跟你談！我個人認為，以周先生現在對我的態度，很不利於我們的工作。」

周翰陽安靜了一會兒，而後說道：「這倒也是。」

沒等胡北原反應過來，他又說：「我考慮給你換個職位。」

「……」

「不用在一起工作，對你我可能都好。」

胡北原真是氣不打往一處來，憋著一口氣，簡直心臟病都要犯了。

他又是怒又是恨又是怨，一時連罵人的話也說不出來，他真想跟周翰陽說：「別麻煩換職位了，我直接換公司吧，也不用勞您大駕！」

跟周翰陽關係鬧成這樣，他在這公司裡也不用指望有什麼前途了，人家避之都唯恐不及呢，想升職？做夢吧！

……乾脆辭職吧！

……有什麼了不起的，此地不留爺，自有留爺處。

……做人應該有點基本的骨氣，人家不給他好臉色，他也沒必要往上貼了。

胡北原也知道這麼衝動很不明智，但現在想到周翰陽他就沒法理智，這一波接一波的心煩意亂，弄得他都自暴自棄了。他一貫的謹小慎微、委曲求全，這時候也都因為周翰陽，被拋到九霄雲外去了。

他真的開始私下找工作了。

這天，他找了個藉口請假，去參加面試。

折騰了一下午，也不知道人家對他滿不滿意，反正，他知道自己心裡對人家是不滿意的。那經理的肚腩都快把西裝外套撐破了，說的幾句英文還怪腔怪調，怎麼跟周翰陽比啊!?

曾經滄海難為水啊……

面試出來，胡北原徒步走了一大段路要去搭捷運。

「嗨，小胡。」

「……」真是冤家路窄，不是薛維哲又是誰？

「這麼巧啊，我在對面吃飯，正想出來抽個菸呢，就看見你了。」面對他瞪得跟燈泡似的眼神，薛維哲一笑，「呀，幹嘛這麼看著我？我又沒佔過你什麼便宜，不至於這麼仇大恨深的吧？」

胡北原繼續瞪著他。的確，薛維哲看起來，比他更像是周翰陽的朋友，他們都英俊、高大，風度翩翩、高人一等，他這種小人物，相比之下太不入流了。

薛維哲不知道他一腔怨氣，還在不知死活地邀請道：「一起吃個飯吧？陪我打發下時間？」

胡北原對他怒目而視。

「真的就是吃飯而已囉！我又不虧待你，小臂這麼大的瀨尿蝦、幾斤重的越南蟹，你不喜歡？」

「不喜歡。」鳥為食亡，也要看是誰投的食啊！

「呀——你就是這麼刺的性子？」薛維哲輕笑，又加了一句：「不過我喜歡。」

胡北原決定不再理他了。他們走他們的陽關道，他過他的獨木橋。

可薛維哲看來真是閒得發慌，亦步亦趨地跟在他後面，像顆黏在衣服上的鬼針草一樣，甩都甩不掉。

「小美人看起來不太開心啊，怎麼了？」

……美你個鬼！

「你今天這樣子，是出來面試的？怎麼？想換工作啊？」薛維哲晃悠悠地跟著他，自說自話：「想跳槽的話，來我公司呀。」而後又意味深長地一笑，「我不會虧待你的。」

「……你想都別想！」

薛維哲樂呵呵地笑道：「太傷人了吧？幹嘛把話說這麼絕呢？我的公司有什麼不好啊？」

胡北原跟他說話就不用委婉了，「你這種喜好的人，我在你手下做事，我不放心。」

薛維哲愣了一愣，而後道：「這可沒道理了啊！你不是一樣跟周翰陽處得不錯嗎？」

胡北原怒道：「你跟他能是一回事嗎？」

「怎麼就不是一回事？」薛維哲嘴角微勾地逗著他，「瞧你說的，好像我是吃肉的，翰陽是吃草的似的。」

「那也沒錯啊！你跟我們就不是一類人啊。」

薛維哲益發笑得開懷了：「你這『我們』，指的是誰啊？」

「……」

「你有什麼東西弄錯了吧？非要照喜好來分類的話，我跟翰陽，才算是『我們』呢！」

胡北原瞪著他，「你什麼意思？」

薛維哲笑咪咪地，冷不防就伸手摸了他的臉一把，「就是這個意思。」

周翰陽真是交友不慎！

沒防備地又被同一個混蛋佔了便宜，胡北原不免氣急敗壞，但還是不忘頭等大事，衝回去公司，就急忙地去找周翰陽。

見他一陣風似地殺進辦公室，還關上門，周翰陽便從文件上抬起眼睛，嘆氣似地問道：

「你不是請假了嗎？又有什麼事？」

雖然已經習慣了他的冷淡，但每次在面對的時候，胡北原還是有點受傷的感覺。

「我覺得，你不該跟薛維哲繼續交朋友。」暫時將私人情緒放到一邊，他一本正經地準備好好跟周翰陽談正事。

青年露出有些苦惱的神情，「我知道你對那類人的態度，但我已經跟你說過我的立場了，你也不需要隔一段時間就來向我強調一次。」

「不是的！我這麼說，是因為他在背後中傷你。」

周翰陽略微疑惑地挑起眉毛，「中傷我？」

「他跟我造謠說，你也是那種人。」

「……」周翰陽看著他。

胡北原兀自義憤填膺地批判：「飯能亂吃，話可不能亂說！這種朋友，有什麼可交的？」

「……」

「你說是不是啊？」

「是。」青年從座位上站起身來。他的身形在即將日落的光線裡，有種意義不明的陰影。

「欸？」胡北原很久沒聽見對方肯定他的意見了，這次未免太爽快了一點吧？

「我是。」

「嗄？」青年朝他走過來的時候，胡北原對自己的理解力，突然有了種莫名的不確定，

「是……什麼？」

「薛維哲沒中傷我。」

「……」

「我是。」

胡北原一時間根本沒辦法思考。

他只能呆若木雞地看著年輕的上司走到他面前，而後朝他低下頭來——

這個世界突然變得一片漆黑、萬籟俱寂。

大腦突然一片空白，有那麼幾秒裡，他無法思考，呼吸不能、動彈不得，連視覺、聽覺都一併消失了似的，他只能感覺得到嘴唇上那種陌生的觸感和熱度，輾轉的力度、熟悉的氣息，除此之外的一切感官，都和神智一起離他遠去了。

回過神的感覺像是一瞬間，舌尖的碰觸讓胡北原不由自主打了個寒顫，而後本能地用力揮手，給了面前的人分量十足的一拳！

拳頭重擊在人體上，帶來的指節間的疼痛讓他一時間裡略微清醒了一點，但又不是那麼清醒。

胡北原倉促地往後退了一步，這點距離，讓他終於能看清楚年輕上司的臉。

青年臉上的表情讓他益發亂了手腳。眼看對方像是要張嘴說些什麼，胡北原不知道要怎麼反應，也沒時間想清楚，慌亂間只能沒頭沒腦地又是一拳！

胡北原破天荒、無緣無故地蹺班了。

他垂頭喪氣地坐在自己那貸款還沒付清的小公寓裡，精神萎靡、心情煩躁。反正去不去上班也沒什麼差別，他動手毆打了自己的頂頭上司、公司裡的太子爺。一次也就算了，還兩次……雖然打的時候倒是挺爽快的，可這會兒說什麼都沒用了。

但話說回來，這也不能怪他呀！誰叫周翰陽對他……

思及此，胡北原立刻又打了個冷顫，趕緊左右用力甩頭，要把腦子裡關於某個時刻的影像驅逐出去。呸呸呸，算了，他不願意繼續想下去了。

他遇到的這叫什麼破事呀……

比起即將失業的憂慮，更讓胡北原心神不寧的，是那種奇怪的、令人不知如何是好的荒謬感，他不明白，周翰陽，怎麼會和薛維哲是同一種人？

他還以為，只有薛維哲那種嬉皮笑臉、吊兒郎當，一看就不是正經東西的人，才有那種奇怪的喜好，而周翰陽看起來乾乾淨淨、斯文有禮、一表人才、分分明明的大好青年，怎麼就能和薛維哲是一路人，同流合汙呢？

難道這年頭，高富帥，都是那種口味了？

他真不懂，卻隱隱間還有點為周翰陽痛心疾首的感覺。

柒

經過一天的沉思和休整，次日胡北原全副武裝，氣勢洶洶地去了公司。

就算下定決心不幹，他也得去辦理手續，才能收拾包袱走人找下家。更何況，如果是周翰陽先提出要炒他，那他還能多拿點遣散費！

才一進門，他就聽見各種各樣的紛紛議論。

「周先生的臉怎麼回事啊？」

「據說是跟人發生衝突……」

「誰？」

「就是不知道到底誰幹的。」

「什麼人啊？居然對周先生下這種毒手。」

「讓我知道我一定不會放過他！」

「……」他到底做錯了什麼啊!?要被這樣喊打喊殺……明明他才是受害者好嗎!?

突然成了大家嘴裡的全民公敵的胡北原，不由得跟過街老鼠一樣，順著牆角走路了。可等親眼看見周翰陽，胡北原就有點明白女同事們為什麼要那麼義憤填膺了。

不知道是不是因為原本皮膚就過於白皙的緣故，周翰陽臉上的淤青現在看起來未免顯眼得有些過頭了，簡直是怵目驚心、慘絕人寰，弄得胡北原都不由立刻反思，他當時真下了這麼重的手？

見了他，周翰陽先是一愣，一時間不知所措似的，又像是尷尬於臉上青腫的失態；又像是尷尬於和他的對視，簡直像是連眼睛都不知道要往哪裡放，過了幾秒才鎮定下來，望著桌面。

胡北原被他這副樣子，弄得一下子沒了之前那要把帳算清的氣勢，只得醞釀了一下，才開口道：「周先生……」

周翰陽打斷了他，「抱歉，那天是我言行不當。」

雖說這件事當然是周翰陽有錯在先，但被對方這樣直接了當地道歉，胡北原還是有些出乎意料。

「本來，應該是我先登門道歉的，但我想……」周翰陽頓了一下：「在家裡看到我，你可能感覺會不太好。」

「……」

「那件事……不管你有什麼想法、打算怎麼處理，以及要我怎麼做，都是應該的，我也全盤接受。」

「……」

「只不過，你不介意的話，我還是希望你繼續留下來為公司工作，當然，如果和我共事讓你覺得不舒服，你可以自由選擇調到別的任何部門。」

不需要任何的爭論爭吵，他就直接低頭認錯、一退到底，這倒讓胡北原一時間裡想不出其他話可以說了。

他看著面前的青年，神奇的是，他臉都那樣了，居然還是不難看，他看起來嚴肅、隱忍，冷靜又冷淡，和那天那個冒犯了他的周翰陽，簡直判若兩人。

胡北原心想，難道那時候是鬼上身？將信將疑地隨口說道：「你說得這麼有誠意，那如果我要你跪下來道歉，你也行？」

周翰陽抬頭看著他，表情裡是種類似於放棄的不抵抗，「要是這樣能讓你感覺比較好的話。」

「……」算了，他才不愛做這種損人不利己的事，「你這樣，是怕我說出去嗎？」

周翰陽又看了看他，「不，我從來都不介意讓其他人知道。」

好吧，他也沒打算說出去。何必損人名譽呢？還是那句話，損人又不利己，有什麼意思？

「算了。」

周翰陽看向他，不太確定地說道：「什麼算了？你是說那天……」

胡北原煩惱道：「呀，我說算了就是算了，你別再提了。」

「……」

胡北原也奇怪於自己的寬容，明明是吃了那麼大一個虧，照理不該就這麼算了啊！但周翰陽這麼逆來順受地，既不阻止他宣揚出去，也不介意他打擊報復，他反而不知道要怎麼做了。

甚至於，他自己本身都不是那麼生周翰陽的氣。

事實上比起驚詫和疑惑，憤怒這點情緒簡直不值一提……不知道為什麼？他就是完全不想再糾纏於那天的事，也不想和周翰陽鬧翻、鬧僵，連什麼賠禮、補償都不想要。

對他來說，最好不過的，就是當成那件事壓根沒發生過，乾脆此後提都別提，大家若無其事地，像以前那樣相處。

屋裡安靜了一會兒，周翰陽又清了下嗓子，而後又道：「那你，需要調去哪個部門嗎？」

「呀——麻煩死了，真調了還得跟別人解釋為什麼調，再說也沒什麼油水多的好部門了，不折騰了。」

「嗯。」青年似乎放鬆了一點，嘴角也不再繃得那麼緊了。

「那就這樣啦！昨天沒上班，不扣我錢吧？」

「嗯。」

「沒問題的話，那我去做事了。」

對自己這跟聖人一樣的既往不咎，胡北原找到一個好的解釋。因為他氣量大呀！肚裡能撐船嘛！再說，周翰陽又是知錯能改，也沒有前科，給人家一個機會，得饒人處且饒人嘛！

這樣一想，他也就心安理得了。

而周翰陽像是能窺見他的心思似的，在「若無其事」這一點上，執行得頗好。

他臉上的青腫慢慢地消乾淨了，依舊是那樣清朗俊美，沒有半點後遺症，工作上他也一切照常，不尷尬、不迴避，更不糾纏，保持著小心翼翼、共事之誼的正當距離，偶爾還能開個拿捏得十分恰當的玩笑。

只是在這一派似乎如同往常的安寧祥和之中，胡北原覺察到自己上司還是有變化的。有時候胡北原會看見他在走神，時不時地握著筆，突然就發起呆來，而且他明顯瘦了，也憔悴了。

胡北原對此心領神會。唉，再怎麼裝沒事，也沒法改變有事這個事實啊！對男人有興趣，這能是沒事嗎？換成他，發現自己有這麼偏門的喜好，還不得早就愁得吃不下、睡不著，頭髮掉一地啊！

但說真的，他覺得，雖然這狀況很是麻煩，但周翰陽還這麼年輕，沒什麼東西是不能改、不能治的。而既然他當時真把周翰陽當朋友了，那就不能眼睜睜地看著他走上那條不歸路。

於是，胡北原在百忙之中開始博覽群書了。

他總算瞭解到，原來這個現象可謂歷史悠久、生生不息，至於「治療」的方法，則眾說紛紜、莫衷一是，有的說治不了，有的說治得了。

胡北原專挑治得了的說法看，但提到的那些厭惡療法……什麼電擊自己啊之類，看得他那叫一個心驚肉跳——這簡直就是刑罰嘛！怎麼能用在細皮嫩肉的周翰陽身上呢！

胡北原經過悉心研究、多方探聽，終於選定了他覺得最安全的中藥，隨便吃吃都無妨，有效當然好，沒效也當是強身健體嘛！

這天他瞅準一個時機，去找周翰陽。

「晚上有沒有空，一起吃個飯吧？」

青年像是非常意外，愣了有好幾秒鐘，才說：「有啊！當然有！」很快，他又反應過來，「不過，怎麼了？」

「沒啊……就……很久沒一起吃飯了。」胡北原也不好說得太明，「順便聊聊吧。」

周翰陽難得又對著他瞇眼笑了。

而為了表示自己的關懷誠意，胡北原這回下足了血本，請吃的是螃蟹火鍋。

威武雄壯的帝王蟹躺在鍋裡，膏滿肉肥，沸騰的湯汁色澤濃白，把旁邊的各種時令鮮蔬、腐竹豆皮，煮得嗤嗤作響。周翰陽看起來心情不錯，還特意向他展示了掰出蟹腿肉的正確手法，處理了一條碩大的蟹腿。

「瞧——要在關節這邊用力，往前折，這樣就容易斷，肉也容易完整取出來……」

胡北原的心思難得不在那蟹肉的美味上，只斟酌著開口：「其實，我是想問你……」

周翰陽把長長一條飽實的蟹腿肉抽出來，幫著放進他的碗裡，「嗯？」

「你是什麼時候發現自己喜歡那個……嗯，你知道的……」

周翰陽愣了一愣，咳一聲，看著自己碗裡的腐竹說道：「問這個做什麼？」

「因為我想弄清楚，你是先天的？還是後天的？」

青年抬起薄薄的眼皮，看著他。

「我查過了，先天的話，那是比較麻煩，如果是後天環境影響的話，其實可以治的。」

「……」

「我還幫你帶了些藥來，有人說這是有效的，反正吃了也沒壞處……」

「我、沒、病。」青年一個字、一個字地說著，咬牙切齒地看著他。胡北原剩下的那些話全噎在喉嚨裡，沒敢再出口。

青年臉色全然鐵青，然而眼角略微發紅，「我不勉強你和我做朋友，你想怎麼看我、怎麼避我、怎麼罵我都行，但我要告訴你，我、沒、病。」

這頓飯沒能吃得完，周翰陽拋下那番話後就頭也不回地走了，完全不理睬他低聲下氣的道歉和挽留。

胡北原面對那一大鍋白白在噗嗤、噗嗤歡騰的火鍋，心裡又是鬱悶，又是委屈，當時為了多打聽點消息，他還特意去相關的網站諮詢「怎麼治」，然後，被一群人罵得狗血淋頭、亂棒打出、各種拉黑、屏避，他容易嗎!?

結果他一番的好心，只換來周翰陽的仇大恨深。

他也知道這世上有種心態叫「諱疾忌醫」，但沒想到周翰陽反應那麼大……至於嗎？

「嗨，小胡。」

「你走開點。」胡北原本來就心煩，看見這人，心裡更添堵了。但凡碰見這傢伙，他就沒一次不倒楣的。要說鬧到今天這樣，這傢伙也是功不可沒。

薛維哲益發故意地逗著他，「喲，這麼大火氣？我是看見你跟翰陽在這桌吃飯，想來打個招呼，哪知道他就那麼先走了。」

「……」

「怎麼？吵架了啊？你又做什麼傻事啦？」

「傻事⁉」胡北原不由又氣又惱，「對！我就是傻在管這種閒事，還想著給他治病，吃力不討好，好心當驢肺。」

薛維哲很是意外，「嗄？翰陽病了嗎？我怎麼不知道？」

「……」大庭廣眾的，胡北原一時不知道怎麼說才好，只好說：「他是病了啊……就是你也有的那一種啊！」

薛維哲是聰明人，想了一想領悟過來，倒沒有周翰陽那麼大反應，只笑著說：「你別傻了，你覺得這是病？」

「難道不是？」

「呀——傻子！這不過是青菜蘿蔔的道理。大多數人喜歡青菜，有小部分人喜歡蘿蔔，喜好不同而已。多大事呀？」

「……」

「人是這樣的，對於那些自己不熟悉的、不符合自己習慣的東西，就覺得有問題。」

「……」

「你啊……要是接受不了，那就走開，別想著把別人的喜好扭過來，沒必要、沒意義，也沒禮貌。你說你吃青菜、我吃蘿蔔，然後你就說我有病，這不是罵人嗎？」

「……」

「而且啊……」薛維哲微微一笑，俯過身來，「其實呢……很多人，一直以為自己是愛吃青菜的，只是因為他沒試過蘿蔔的味道。」

「……」

「你要試試嗎？」

胡北原立刻連火鍋也不管，拔腿就跑了。

回家以後，胡北原認真思考了下薛維哲說的道理。他不是很能想得通，更不確定薛維哲這人嘴裡出來的話是否靠譜，但他覺得那兩人畢竟是一類人，薛維哲想必能比自己更瞭解周翰陽的心情。

所以，大概他真的是傷到周翰陽了。

他想，也許他應該去給周翰陽道個歉？

然而，每逢在公司碰面，周翰陽都面若冰霜，全身猶如罩著一層寒氣，他還沒能靠得近，話就已經被凍在喉嚨裡，出不來了。

讓他更鬱悶的是，上司的那種冷漠不是擺譜，是從心底出來的。他還沒打算因為周翰陽不同尋常的喜好而疏遠之，周翰陽倒已經先拒他於千里之外了。

這叫什麼事呀……這年頭，道個歉還得要天時地利人和，他都數不清周翰陽這是第幾次因為鬧脾氣而不理會他了，尤其這回的「不理」，又要比以往的更嚴重一點。

胡北原想起這些就糾結得撓頭，偏偏在這尷尬的時候，雪上又來了層霜——他和周翰陽得一起去東京出差一趟。

於私再怎麼波濤暗湧，於公他們都是上司和得力助手的關係，而這個專案一直是他和周翰陽負責在談，現在由他們跟進很正常。

現實就是這樣。世界不會繞著你們那點私人恩怨轉的。所以兩人不尷不尬地，也都默默帶著行李，準時去機場報到了。

一上飛機，周翰陽就目不斜視、嚴正聲明：「你放心，我已經自己再訂了一間房。」

兩名男員工出差，公司訂的就是一間雙人房，四星酒店、標準規格，就算周翰陽是太子黨，也沒有特殊待遇。

「我放心什麼!?」胡北原聽著就氣不打往一處來，「你自己想太多，不要代表我。」

周翰陽翻著手裡的報紙，像是笑了那麼一聲，冷冷地說道：「不然跟我這種人住在一起，你不怕嗎？」

一路再也無話。

哪知到了酒店check in的時候，前台妝容精緻的美女對著周翰陽一個勁地深深鞠躬，「真是抱歉！上一位客人在住宿期間造成了房間淹水，現在地毯還在清理中，給您造成的損失，我們會全額賠償的！

如果您還願意繼續在此留宿，那麻煩您先等待，一有空房間就會立刻通知您的。」

胡北原不由有了點幸災樂禍的感覺。雖然對他沒好處，但看著周翰陽那張清秀的臉發僵，他就有種無賴式的高興——嘿嘿，等下你就是得跟我住一間，看你還能往哪裡跑？

「那大概需要等多久？」

「啊……這個……」

胡北原咳了一聲，作道貌岸然狀插嘴：「周先生，明天一早我們就要去跟人家開會，有許多準備工作要做，現在還浪費時間不好吧？」

周翰陽無話可說，只把頭偏向另一邊，讓胡北原的視野從側面變成後腦勺。等辦理好手續，他就自顧自上樓去了。

而接下來，雖然不得不和他屈居在同一屋簷下，周翰陽硬是把兩人之間的楚河漢界劃得那叫一個清楚。胡北原佔據了書桌前的位置，周翰陽就正襟危坐在房間另一頭的床上，專注地對著筆記型電腦的螢幕，別說正眼了，連眼角餘光都不賞給他一點。

儘管對方態度如此之惡劣，胡北原還是十分有耐心地想跟他好好談一談，趁著這同在一個空間的、有限的時間裡。

「周先生。」

周翰陽頭也不回，「什麼事？」

「我想跟你談談。」

「公事嗎？」

「……不是。」

「那不用說了。」

「……」胡北原真是恨不得咬他一口。

「我不明白，我們之間既然有問題，那為什麼不說清楚呢？都這樣了，連你是那種人我都知道了，還有什麼不能攤開來談的？」

周翰陽立刻「騰」地從床沿站起身來，「不好意思！我要出去走走。」

胡北原追趕不及，眼睜睜看著房間門在他鼻子前「啪」地關上，一肚子的氣、一身的火都無處去，要不是捨不得錢，他真想也跟電視裡演得那樣，隨便把桌上的花瓶、杯子什麼的拿來使勁地摔一摔。

捶了一會兒胸口，還是堵得慌，胡北原決定去給自己沖個冷水澡，用環保的方法消消氣。

縱然滿腔怒火，但胡北原還是沒捨得把淋浴開得太大，他可節約用水了，不收費的也一樣，倒沐浴乳、倒洗髮精的時候，他都嚴謹地把蓮蓬頭關上，悄無聲息地在那使勁地搓洗。

洗了半天，正聚精會神地彎腰搓小腿時，冷不防地，浴室的門突然打開了。胡北原忙起身轉頭，周翰陽站在浴室門口，和他四目相對，兩人都是猝不及防、目瞪口呆的表情。

在他開始尷尬之前，周翰陽已經迅速轉身，見了鬼一樣地奪門而出。

「喂！」胡北原顧不得身上的泡泡，趕緊套上浴袍、穿了拖鞋，就追出門去。

「你啊別跑！」他是妖魔還是鬼怪啊!?

兩人一前一後地在酒店裡上演「末路狂奔」，胡北原追到電梯口，眼看電梯還沒來，周翰陽果斷地轉頭，大步流星地衝向安全門的樓梯。

胡北原恨得牙癢癢的，老鷹追小雞一般欲罷不能，見周翰陽逃竄一樣地下了樓梯，他益發奮起直追、緊追不捨。

才下了幾級樓梯，腳下猛地一個打滑，沒等他反應過來，聲音都來不及出，就已經劈里啪啦、勢不可擋、勢如破竹地滾下樓去了。

胡北原摔得七葷八素、眼前發黑、兩眼瞎睜著，好半天都回不過神。

失神了一陣子，才感覺到有人在抓著他的肩膀，有聲音似乎是從遙遠的天邊傳來一般：

「小胡？小胡？你怎麼樣了？」

「……」

「小胡？胡北原!?」這一聲簡直是撕心裂肺。胡北原總算緩過來了，喘出一口氣，看見上方青年那蒼白的臉。

「你還好吧？能說話嗎？頭暈嗎？會不會想吐？」

胡北原一時也不知該先答哪個，半晌只能說：「沒事……」

這回答似乎十分沒說服力，青年瞅著他的臉，欲言又止的，而後說：「來——先起來，我送你去醫院。」

胡北原借著他的支撐，想要站起來，這一動，身上就有股刺痛傳來，不由「嗷」的一聲又躺了回去，青年立刻問道：「怎麼了？」

胡北原臉都皺了，「扭了腰……」

「我扶你。等下去照個片子檢查。」

胡北原疼痛鑽心，待要伸手搭住他肩膀，一時間又怕他避嫌，手不由在空中僵了幾秒。

片刻的靜謐過後，青年復又冷淡地說道：「你放心，我的病碰一碰不會傳染。」

胡北原很是尷尬，又有些惱火。他也在心裡怪自己之前的多事，照他的生存法則，他才不該管上司是愛蘿蔔還是愛青菜，私生活怎麼回事，無論好壞一律照單全收，溜鬚拍馬就對了。

然而和周翰陽熟稔以後，他不知中了什麼邪，愈來愈偏離自己的做人原則了。他自己都覺得納悶，更糟的是，到了這時候，他還是管不住自己的嘴。

他開始不知死活地衝著自己的上司發火：「我說你犯得著這麼陰陽怪氣嗎？」

「……」

「你這種事本來就不好理解，不是嗎？你要我一時半刻就能想得通，這不是難為人嗎？」

「……」

「我知道我那天的話讓你不高興、讓你覺得受侮辱了，可我能有什麼好處呢？我又不為自己圖什麼！我這是關心你、想幫你啊！藥還是我自己掏腰包買的呢！」

「……」

「就算是我多管閒事了，你也別拿我一番好心當歹意。我要是對你有偏見，那我至於操那麼多心嗎？」

釋放完火力之後，並沒有得到回擊，胡北原也洩了氣，兩人都啞火了似的。

過了好一會兒，周翰陽才輕聲說道：「我並不是怪你。」

胡北原突然全身都輕鬆了。

「呀——那就快點救死扶傷吧！」他這回搭牢周翰陽的肩膀，慢慢借力站起來，兩人的手無意間碰到一起，才感覺到手指那溫度，周翰陽立刻觸電般地縮回去了。

胡北原可逮住反擊機會了：「嗯？躲什麼？你不是說碰一碰不傳染嗎？」

「……」青年像是嘀咕了一句「傳染才好呢」。

胡北原沒聽清，問道：「什麼？」

對方立刻回道：「沒什麼。」

在醫院上上下下檢查了一番，所幸沒有大問題，也不需要住院，就是腰扭了、頭摔破了、鼻梁青了、嘴唇也磕著了，腫得像個土撥鼠似的。胡北原自己看著鏡子，都有點不忍直視。

當晚，他在床上輾轉反側、夜不能寐，終於幽幽嘆了口氣。

睡在咫尺的青年立刻起身，「怎麼了？很痛嗎？」

胡北原問了他最關心的問題：「今晚檢查的錢，公司給報銷嗎？」

「……報銷。」

「算工傷？」

「……嗯。」

於是胡北原心滿意足，含笑睡去。

次日。雖然他摔得面目全非，工作還是要做的，兩人照樣早起，洗漱整理，為出門而準備。

而比起他的有礙觀瞻，周翰陽可謂衣冠楚楚、清俊動人。胡北原只能心想，幸好還有這人可以撐門面，不然也太損公司形象了。

「哎喲……」胡北原發出生活不能自理的呻吟。

他本來覺得這點皮肉傷對男人來說不算什麼，但穿褲子的時候，他就意識到要多費勁了，待到要穿鞋襪，他壓根就沒辦法彎得下那個腰。

青年說道：「我幫你。」

「嗄？」

不等他反應，周翰陽已經在沙發前蹲跪下來，握住他的腳掌，平放在自己的膝蓋上，而後逐一幫他套上襪子、鞋子。他只看得見青年黑色的頭頂，還有自己那大剌剌，又胡裡胡塗地踩在對方平整西褲上的腳。

幸而鞋子很快穿好了。他的腳和心也落了地。

「好了，出門吧。」

「哦。」

青年手掌的溫度像是還留在他的皮膚上。

胡北原突然有種很怪異的，微妙到無法言述的感覺。

當天的現場演示頗為順利，合約也談成了，兩人很快處理完相關事宜，就踏上了歸程，一路相敬如賓，無風無浪。

胡北原雖然鼻青臉腫，狀若豬頭，回公司嚇翻一票人，但心情是很不錯的，尤其周翰陽在向上彙報的時候，極其慷慨地把這次大部分的功勞都歸到他頭上了。

其實，任誰都知道案子能成功，最後還是託了周翰陽的福。他雖然前期做了許多工作，但自己當時那副尊容，嘴還腫得話都說不清，只能坐在那裡呈慘烈狀，能有什麼貢獻呀!?

別的都不說了，他胡北原有這樣一個照顧下屬、不搶功績的上司，這是哪輩子修來的呀！

唯一不好的是，他的腰已經敷了一系列傷筋膏藥，但還是輾轉反側、如坐針氈。

而周翰陽跟他相處時的態度，雖然還是不復最初的那種熱情和自在，但這時候也是會主動找他：「我帶你去看位醫生吧？」

兩人去看的是位中醫，經過一番推拿扎針，對方告訴胡北原：「沒大問題，小關節錯位。扎扎就好了。」話音剛落，又在他額頭上補了兩根雪亮銀針，這才姍姍離去。

胡北原天線寶寶似的趴著，在能拔針之前閉目養神，過了會兒睜開眼，就見一雙長腿映入眼簾，顯然對方是來了一陣子了，但沒叫他。

胡北原抬起頭，「怎麼了？」

周翰陽答道：「沒，怕你有什麼需要。」

「哦……」

「對了，這是剛給你買的藥。臉上的傷，塗了能好得快點。」

胡北原一時百感交集。他氣過周翰陽對他那些不清不楚的疏遠迴避，恨過周翰陽的冷淡緘默，但說實在的，周翰陽不論於公與私，從來沒虧待過他，那種胸襟和體貼，他自問自己是做不到的。

「哎，你真是個好男人。」胡北原不知怎的，鬼使神差地又補了一句：「誰以後要是跟你在一起，那可真是太有福氣啦！」

青年沒吭聲。

胡北原看他轉身去擺弄桌上的針盤，瞧見他的脖子竟然像是紅了。

扎過這麼一輪針之後，胡北原覺得腰痛明顯輕緩了許多，那種尖銳的疼痛很快轉為鈍痛。讓他整個人都重獲新生了。

而周翰陽似乎心情也很不錯。雖然胡北原不知道上司到底在樂什麼，但看起來就是有那麼一點憋不住的、自得其樂的小開心。周翰陽心情好，連帶他也覺得天氣清朗、陽光明媚了。

更錦上添花的是隔天早上公司開的大會，大老闆還特別點名表揚了他。

這是何等的榮幸！胡北原瞬間激動得啊……他好久沒覺得自己有這樣快開運的時刻了，看來是要時來運轉了。

不過在轉運之前，貌似要先經歷破財。

「恭喜你啊！」相熟的同事們過來嘻嘻哈哈地鬧他：「大老闆金口一開，不升職也是要加薪啊！」

「這回該請客！」

胡北原正是一分錢恨不得掰兩半來花的房奴時期，請這麼一群人去酒樓，一頓能吃掉他兩個月的口糧，想慷慨一把也是心有餘而力不足，只得說：「行！那到我家吃飯……」

「哇！這也太寒酸了吧！」

「就是啊！你家就那麼點大，要我們坐在廁所裡吃嗎？」

「哈……」

大家善意的玩笑，一時讓他進退兩難，突然聽見周翰陽提議：「來我家如何？那樣就不寒酸了吧？」

現場安靜了片刻，登時就熱鬧起來。

「哇！」

「……真的假的？」

「我都沒見過周先生的家是什麼樣子的！」

「機會難得，不能不去！」

周翰陽雖然隨和，但並不是會邀請同事上門的人，這真是大大的面子。

捌

當天下班，大家一起去買了菜，嘻嘻哈哈、東挑西揀，猶如小時候學校出遊，一行人、幾輛車，笑笑鬧鬧地前往周翰陽的住所。

一進那別墅，眾人都如同胡北原第一次來的時候那樣，看得目不暇接，「哇」聲不斷。

「這真是dream house啊！」

「也太美了吧……」

「是說，周先生一個人住會不會太空曠了？」

「是啊，我也覺得它需要另一個主人。」周翰陽一笑，說得半真半假，但已經夠大家嘰嘰喳喳地鬧上半天了。

有周翰陽在的場合，快樂和熱鬧的指數似乎就會特別飆升，這場原本以省錢為主要目標的請客、吃飯也變成同樂會，會點廚藝的都自告奮勇認領一個菜，到廚房去露一手。

周翰陽下廚的姿態就不用說了，就跟一場型男烹飪秀似的，連幾個男同事都不爭氣地盯著他看。

胡北原跟他一起合作了一道湯，站在邊上幫手、沾他的光，也成為眾人目光的焦點。

不過，這對他來說也未必是什麼好事。原本他的外表也是挺過得去的，但現在破了相，又跟周翰陽這麼活生生地站一起，就生動地演繹了什麼叫牛糞和鮮花。

這晚採購的食材是胡北原掏的錢，而酒水則是由周翰陽提供的私人贊助。有那樣的好酒相配，青菜豆腐吃在嘴裡都別有一番滋味了。

於是幾杯下肚，眾人更情緒高漲地鬧開了。

有人提議：「來玩真心話大冒險吧？」

雖然老套，但的確是歡樂又刺激，於是迅速得到大家各懷鬼胎的熱烈贊成，除了周翰陽。

「這我不玩。」

「要與民同樂啊周先生。」

「不然，你就只要回答一個問題就可以了。」

「是啊！我們對你會特別優待的。」

周翰陽略微猶豫，終於還是笑道：「那好吧。」

一玩起來，很快就爆了許多無傷大雅的大八卦，客廳裡的氣氛簡直嗨翻了。

這時終於輪到周翰陽，大家都矜持了下，畢竟是上司，不好意思太過火。

忸怩了一陣，出題的人問道：「周先生，你有心上人嗎？」

這原本問得沒什麼技術含量，哪知道周翰陽的回答是——「有。」

「啊！」群眾八卦的熱情立刻被點燃了，不依不饒地嚷嚷道：「呀——這問題太沒挑戰性啦！不能算數的，得換一個。」

「對啊、對啊！來個差不多點的嘛！剛才那個誰，還問我收藏了多少島國電影呢！」

大家這麼有興致，周翰陽也就笑著點頭，「那好吧。」

但真要問什麼太犀利的問題，對著他那溫潤如玉的樣子，眾人卻又多少還是不敢造次。

最後問的是：「周先生喜歡的人，在這間屋子裡嗎？」

周翰陽沉默了一會兒，而後點點頭，「在。」

「哇！」天花板差點就被聲浪給掀翻了。眾人熱血沸騰、激動萬分，八卦之魂熊熊而起，一時猜的猜、笑的笑、害羞的害羞，氣氛一時升溫到了最高點。

「誰？到底是誰啊？」

接下來的追問當然是得不到回答了。

當事人有權不回答，卻讓大家被那點好奇心撓得直癢癢，而在場的幾個女孩子，還包括了蘇沐，基本樣子都算得上漂亮，一時又是嬌笑又是羞怯又是彼此推來推去，暗潮洶湧。

而有人歡喜就有人憂，能被周翰陽青睞有加的目標，也就表示其他人都沒機會了。

於是，男人們那邊就不免意志消沉。

而那些憂心忡忡的男同事，倒也有那麼一、兩個長得挺齊頭正臉的，胡北原慢吞吞地掃視著他們，心裡默默想，你們要擔心的其實應該是另一個方向……

輪到胡北原的時候，一上來的問題就十分直接：「北原，你的初吻是給了誰？」

胡北原腦中立刻閃過某張就在身側的臉。

「……」你媽的！要不要這麼哪壺不開提哪壺啊!?

雖然那根本不算數，當事人的動機也多半不是那麼一回事，但那的確是他的初吻啊！真是光想著就悲從中來，胡北原只能果斷拒絕回答。

「哦哦哦——懲罰他！」眾人一陣鼓譟，好像對懲罰他比聽他說真心話更有興趣。

「懲罰是，吻自己右手邊的人五秒鐘！」

胡北原僵硬地慢慢轉頭，看見周翰陽也同樣僵住的臉。

「……我能換一邊嗎？」

「你想得美啊！」

「親我們小雯那還叫懲罰嗎？」

胡北原只能硬著頭皮，慢慢地朝青年的臉湊近，青年的表情也不知是如臨大敵還是怎麼地，僵得像是隨時都要裂開了。

嘴唇碰到的瞬間，那種觸感和溫度，讓他腦子裡又停電似地一片空白，只剩下耳邊大家惡作劇成功的歡呼聲。

這五秒鐘過後，他和周翰陽都沒再說話，連對視都默契地沒有，有種說不清、道不明的，但也並非反感的奇異尷尬。

接下來，在經歷了有人生吞辣椒；有人原地轉二十圈；有人當眾摟著虛擬的鋼管來一段鋼管舞之後，又輪到胡北原了。

「北原，你是不是喜歡蘇沐？」

「……」對他真是完全不客氣啊！胡北原被懲罰怕了，這回只得點了頭，「是。」

現場又鬧開了。這種遊戲的樂趣就是在於促成一些曖昧和表白。蘇沐抿嘴微微笑，對於大家的起哄和調笑保持了矜持。

他喜歡蘇沐，這不算什麼有分量的新聞，這屋裡任何一個男性喜歡蘇沐，大概都不會讓人覺得意外，於是，除了周翰陽起身去為大家拿新的酒之外，其他人都繼續遊戲，把一輪又一輪的提問和回答進行下去。

玩到深夜，把周翰陽的私藏好酒喝了不少，大家也都鬧得累了，大致幫忙收拾之後，便紛紛告辭散去，剩下胡北原還在做最後的整理工作。畢竟原本是他請客，結果周翰陽幫忙又是出場地又是出酒水的，他不把人家屋子清理到原樣都不好意思。

把最後一塊餐布洗乾淨，胡北原出來，看周翰陽靠在客廳沙發上，仰著頭，一動不動的，像是睡了，又像是半夢半醒，胡北原問道：「你不舒服嗎？」

「沒。」青年看起來精神不算太好，長睫毛垂著，嘴唇也保持著閉合的姿態，看起來像個斷了電的娃娃。

胡北原心下納悶，明明之前還神采飛揚的，不知什麼時候起低迷成這樣……難道他炒的玉米、青豆真有那麼難吃嗎？

「是喝醉了嗎？」

「還好。」

按理確實應該是不會，派對上也就那些如狼似虎的男同事覺得機不可失、失不再來，把免費的紅酒敞開來當水喝，周翰陽自己是十分節制的。

胡北原這下更摸不著頭緒了，「要不，我去給你拿條熱毛巾？」

「不用。」

胡北原有點無措，看青年那樣子，他又覺得放不下心，待要做點事吧，又不知道到底能做什麼？

「不開心？」

「……」

「有什麼煩心事，說出來吧！」

「……」

「說出來會舒服點。憋著都不好受的。」

青年張了張嘴，但沒出聲，只吐了口氣。

胡北原站了會兒，有點尷尬，「那，要沒什麼事，我先回去了？」

「……」

「真沒事？」

「……」

「那我真走了啊！」周翰陽不說話，倒讓他心裡七上八下的，轉身走了兩步，他又想，或者他不該就這麼走了，而是幫忙燒點什麼解酒，甚至解憂的湯？

胡北原正想著呢，突然腰上一緊——他被從身後用力抱住了。

「是你。」腰上是青年微微顫抖的手，脖頸裡是對方皮膚的溫度，和潮濕的鼻息。

「……」

「那個人是你。」這沒頭沒腦的一個回答，像是篤定了他應該知道是針對什麼問題似的。

胡北原突然有種五雷轟頂的感覺。周翰陽喜歡他。他遲鈍地、後知後覺地，或者說是無處可逃地，再也無法自欺欺人地，有了這個領悟。

一切，像是都清晰和明白起來。周翰陽一開始對他那出奇耐心的縱容、忍讓，到後來不清不楚的躲避、抗拒，所有他當時想不通的，這一刻似乎都變得順理成章、豁然開朗。

但在那短暫的恍然大悟之後，劈頭蓋臉而來的是更多的混亂。

胡北原睜著眼睛想，為什麼會是他？怎麼就會是他？

他感覺得到青年滾燙的胸膛，以及裡面激烈的心跳。環住他的胳膊，所用的力氣也並不大，甚至於算得上虛弱，他卻因為那種顫抖而動彈不得。

在那令人窒息的安靜裡，像是什麼都定了格、當了機一樣。

漫長的沉默過後，他聽見自己的聲音軟弱地說道：「你、你讓我想想。」

這話一出口，連自己都覺得意外。

周翰陽一時沒動，像是連呼吸也停止了，過了好一陣，才說：「真的嗎？」

青年的聲音不大，像是怕驚醒或者吹散什麼似的。

胡北原硬著頭皮、點了下頭，「……嗯。」

青年慢慢鬆了手，胡北原趕緊往前一步，定定心神才轉過頭，而後看見對方的眼睛，烏黑的、乾淨的，瞳仁很大很清澈，像是能照出他的樣子來。

胡北原突然就不敢直視了，「我、我先回去。」

「嗯。」青年在原地站著，用一雙大眼睛深深地望著他。

這天晚上回到家，胡北原理所當然地失眠了。

他躺在床上，輾轉反側，長吁短嘆、咬牙切齒，直想左右開弓給自己兩個大耳光！他都不知道自己當時懵了半天，冒出來的怎麼會是那麼荒唐的一句。

難以置信！那種場合，被個男人抱著，正確的反應不就應該是「對不起。」或者乾脆「救命啊！」的嗎？

到他嘴裡，怎麼就成了「讓我想想」？這還能想什麼？還有什麼可想的啊!?

他只能自我開解，也許當時他那算是急中生智，為了安撫周翰陽情緒的權宜之計？敏感時機想要全身而退，的確是不宜刺激對方的，對吧？

但如果、萬一，周翰陽真的在等他「想」出個結果呢？

這一想，他就乾脆絕望地直勾勾睜眼到了天亮。

次日。胡北原胡亂洗了把臉，也不修飾自己那亂蓬蓬的頭髮和如喪考妣的黑眼圈，就不甘不願地去了公司。

他這麼不修邊幅，一來是沒心思，二來也想，這樣蓬頭垢面的，說不定周翰陽看見他，就沒興趣了呢！

才剛這麼想著，胡北原在辦公室裡遇見了自己的上司，對方看起來睡眠品質也不怎麼樣，但卻稱得上是容光煥發。

不等胡北原做出反應，青年抬起眼，正和他四目相對，只一瞬間，青年立刻就刷地臉紅了。對方這麼一臉紅，胡北原準備好的萬千台詞，一時間都出不了口，當場啞在哪裡。

而青年似乎比他更不知所措，半天才說道：「早。」

胡北原莫名地也差點結巴了：「……早……啊。」

接下來，兩人都默不作聲地各自埋頭工作。心照不宣，也或者可能是各懷鬼胎地，度過了相安無事的一天。

到了下班時間，雖然胡北原有意磨磨蹭蹭，想落在最後，但周翰陽似乎也一直沒收拾好東西，以至於兩人最後還是進了同一班電梯。

電梯裡足夠寬敞，讓他們可以保持著適當的距離，以及適當的安靜站著。

周翰陽一直沒有直視他，而在電梯開始緩緩下降的時候，突然近乎冒失地開口：「一起，吃晚飯嗎？」

「……」

共同進餐的邀約，可謂不計其數，也十分平常了，可在這時候，感覺卻變得前所未有的微妙，胡北原只能說：「今晚我有點事。」

青年立刻明瞭地「哦」了一聲，閉上嘴唇，沒再說話了。

胡北原向來不是文藝青年，缺乏想像力，也沒用過什麼修辭手法，但這時候，他卻覺得自己是真真切切地聞到了空氣裡瀰漫著的，失望的味道。

於是，他鬼使神差地又加了一句：「明天倒是可以。」

「是嗎!?」青年立刻回轉過頭來看他。

「……嗯。」

「那，去海釣如何？」

「嗄？」

青年頓了一下，才道：「明天是週末，我跟朋友本來包了船出海，多點人一起玩想必會更熱鬧。」

「哦……那、行啊！」人多正好。

「明天見。」

臨分手前，青年朝他笑了一笑，那年輕的、乾淨的、有些靦腆的笑容，讓胡北原腦袋裡又是「嗡」的一聲，不由「嗷」地雙手抱頭。

……造孽啊！他這到底算是怎麼回事呀？

隔天早上，胡北原半夢半醒地睜眼，看了看床頭鬧鐘的指針，離約定的時間還有一小時，還算寬裕。

於是，他發了會兒呆，在肚子裡重溫了一番昨晚花了起碼四個小時才寫出來的、聲情並茂的「致周翰陽辭」，才起身慢吞吞地準備去洗手間。

走過客廳的時候，他無意中從窗口往樓下一瞄，正瞧見有個人站在那裡，抬著頭向上看——那不是周翰陽又是誰!?

胡北原趕緊火速刷牙洗臉，隨便套了身衣服就衝下樓。

「早。」青年見了他，又露出一口白牙的、明晃晃的笑容。

胡北原心想，你也知道太早啊！

「你很早就來了？」

青年笑道：「哦，怕路上堵車，所以出門提前了一點。」

何止是「一點」啊！

「既然到了，怎麼不叫我？」

「想讓你多睡會兒。」

「……」這話說得自然流暢，沒有半點諂媚或者輕佻的味道，胡北原一時之間卻張口結舌，不知如何應答才好？

末了，他只能別過頭去，說道：「那，我們走吧。」

坐進車裡，等待車子發動的那幾秒安靜裡，兩人都略微有些尷尬。

胡北原正要開口，周翰陽又道：「對了，我剛順便買了早點。你先墊墊肚子。」

「……」胡北原本能地伸手捧住那遞過來的袋子，裡面是兩盒還冒熱氣的蟹黃湯包，內餡滿滿都是蟹黃、汁水豐厚，還保持著新出爐的熱度和鮮美。

「順便」是買不到這種東西的。回想起大學時代，室友們追女生，都是等在人家樓下送早餐，當時，哪能料到自己也有被送早餐的這一天……

胡北原心中百感交集，真不知是悲是喜……那精心準備的餐點，讓他一時喪失了澄清些什麼的勇氣。

……唉，吃人嘴短，有什麼不太中聽的話，還是過會兒再說吧！

車子開到碼頭，周翰陽帶他登上一艘停靠著的雙層遊艇。

過了一陣子，一群年輕人陸陸續續到了，彼此大聲招呼、談笑。胡北原鬆了口氣，周翰陽還真的是帶他來參加朋友聚會，虧他還不由自主地設想了一堆萬一孤男寡男漂流海上，叫天天不應、叫地地不靈的解決方案呢！多少是有點以小人之心度周翰陽之腹了。

遊艇一路前行，胡北原隨著船搖晃著，看著海水變成深藍，又變成翡翠綠，連空氣都味道都開始不同，是種原生態的，清新又帶點腥的氣息。

艇上架著很多海釣的魚竿，樣式很是專業，不過跟胡北原想像得不大一樣。

他原本以為是很快把船開到某個島上，然後大家坐下安安穩穩地來釣魚，結果是一直在深海海域溜達，壓根沒上岸。

對於他這業餘人士來說，海釣的任務很簡單。魚竿上都掛著鈴鐺，響了就表示有情況，趕緊搖上來就行了，當然，有沒有收穫就全看運氣了。

大家先抽了搖桿的順序——就是決定第幾個釣上魚竿子的由誰來搖——而後嘻嘻哈哈地在甲板上曬太陽，看水中的魚群，喝酒談天。

胡北原不太有心思享受這風景，他還在肚子裡反覆背那已經爛熟了的台詞呢！

「周翰陽。」

青年立刻轉頭，微笑道：「嗯？怎麼？」

「我有話想跟你說。」

青年看著他。

胡北原找了個遠離人群的地方，面朝大海，氣沉丹田。

周翰陽站在他旁邊，安靜地，用一種全盤接受的姿態等著他開口。

胡北原在醞釀台詞的期間，神色漸漸變得肅穆隱忍。

一番深呼吸之後，他終於說：「那個，有東西可以喝嗎？」

青年即刻回答：「船上有各種酒水，你要喝什麼？」

「……有熱薑茶嗎？」

「沒……要不來個果汁？或者雞尾酒？」

胡北原擺擺手，「那就不用了。」

過了一會兒，他用力嚥了下口水，又問：「那個，我們什麼時候靠岸啊？」

「哦，要再過兩個小時吧。」

「午餐也在船上吃？」

「對，有廚師會準備的。」

胡北原聞言便閉緊嘴唇，神色益發凝重地眺望遠方。

青年端詳著他的臉色，「你剛叫我來，是想跟我說什麼？」

「呃……」胡北原定了定心神，「我是想說，可能……」

青年道：「小胡，不管怎麼樣，我希望，你能看著我說話。」

胡北原只得轉過頭來，皺緊眉咬緊嘴唇望著青年。

「周翰陽。」

「嗯。」

「其實我……」船身一個顛簸，胡北原再也控制不住自己「洶湧的感情」。

「哇！」在這良辰美景、海風習習之下，胡北原果斷地吐了個翻天覆地，一股腦兒全吐在周翰陽身上了。

「……」

周翰陽顧不得清理衣服，忙著幫他拍背順氣，又叫人拿水來給他漱口。

「真抱歉！我不知道你會暈船！」

胡北原邊吐邊掙扎著擺手，「沒、沒事，連我自己也是剛剛知道。嘔……」

他比周翰陽還懊惱。這一回沒能把該說的話清清楚楚說出口，下一次開口的時機還不知在哪裡呢！

海上的長途顛簸可不是蓋的。

胡北原吐完一輪，也不知道算不算感覺好了一點，整個人天旋地轉地靠在周翰陽懷裡，只覺得益發顏面盡失、百口莫辯。

「嘔……要不……嘔……我進船艙去躺一會兒？」

「不行，外面反而好點，在艙裡面你會暈得更厲害。」

胡北原無語望蒼天。

周翰陽換過乾淨T恤了，現在讓他靠著，他能又一次感覺得到青年堅實溫熱的胸膛，還有那種獨有的、若有若無的、清甜的暖香。

他第一次覺得兩個男人坐在一起，是這麼與眾不同的、不自然的、心虛得令人手足無措的事，以至於他自己在暈船的恍惚裡，都覺得忐忑和不確定起來。

忽然，魚竿上的鈴鐺響了。

不知誰說了句：「八號的，快收竿！」

胡北原趁機從周翰陽懷裡一躍而起，「我的！」

青年忙要阻止他：「這不用勉強吧！你不舒服，不收都無所謂。」

胡北卻堅持不懈，緊握著搖桿，邊吐邊搖，在他那令人欽佩的掙扎之下，一條碩大的馬鮫魚終於躍上甲板。

「晚餐有著落了。嘔……」

周翰陽像是哭笑不得地嘆道：「你呀！總是這麼的……」

這句話他沒說完，只突兀地用了一個淺淺的笑容收尾。

胡北原心裡又是噗通一跳。

這時，船終於在一個小島停靠下來。

接下來，是給大家游泳和浮潛的時間。原本沒有這麼早的，都是由於某個不爭氣的乘客大吐特吐的關係，提前結束了徘徊海上拖釣的行程，匆匆靠岸了。

胡北原在甲板上奄奄一息，看著陽光下紛紛活躍起來的年輕男女們，除了他兩手空空之外，大家都是有備而來，一行人各自換上泳衣和潛水設備，各自準備下水。

這時候他再跟周翰陽兩個人這麼待在一起，感覺就太不自在了。

於是，他推推守在身邊的青年，「你去玩吧！我感覺好多了，歇一會兒就行了。」

「但是……」

胡北原打斷他：「真的！我想小睡一下，一個人比較安靜。你就去吧。」

青年看著他，良久才說：「好。」

說實話，對胡北原來說，這時候的風景應該是比剛才一路要來得更養眼才對，現場活色生香、各種式樣的清涼比基尼，足以讓他這種沒近過女色的，規規矩矩的宅男目瞪口呆了。

然而在那些窈窕婀娜身姿裡，他居然好死不死的，一眼就看到周翰陽。

青年穿得很簡單，赤裸上身，底下一條保守低調的泳褲，沒有任何引人注目或者譁眾取寵的意思。

他戴了副潛水眼鏡，看不清臉部，以至於讓人的視線不得不停留在他的身材上。

胡北原百感交集地想，這體格，會不會有點太好了呀？

平日穿著衣服的時候，只覺得他高而挺拔、略微清瘦，脫了才發現居然那麼精壯。那些肌肉平時也未免藏得太隱蔽、太韜光養晦了。

不由自主地，胡北原的眼光就追著他跑，跟著他在水裡上上下下，他甚至有點怪周翰陽的肺活量太好了，潛進水裡，居然要那麼久才上來換氣，然後才那麼一下下，就又不見了！

周翰陽又一次從湛藍的海水裡冒出頭、游向遊艇，而後在陽光下帶著一身揮灑的水滴，在扶梯上站起身來的時候，胡北原腦子裡蹦出一個詞，出水芙蓉!?

……算了，這形容不該是用在這種地方的吧！但誰叫他生得那麼白，腿又那麼長呢！

青年朝他走過來，笑道：「水底下很漂亮。」

胡北原神色有些不自然地挪開目光，「哦，是嘛……」

「你不能下水，可惜了。」

「啊——哈哈！沒辦法……」

「不過我剛在下面拍了不少照片，你來看看，挺清楚的，也當是今天潛過水了。」

接下遞過來已拆掉防水套的相機，胡北原那種微妙的、坐立不安的感覺又回來了。

有多少人，在舉著相機的時候，是為了另一個人而拍照的？

他覺得這走向不好……很不好！但又說不出什麼來。

返程之後，大家靠著今天的漁獲，借大廚之手，享用了一頓豐盛的、各種刺身、烤魚、魚湯的全魚晚餐，而後在嬉鬧的告別聲裡結束了這場聚會。

周翰陽喝了幾杯酒，就自覺把車子留在碼頭，拉著胡北原一起搭了一位女孩子的便車。

「胡，等下我先送你到前面路口，再送ＮＡＮＡ回家，你方便的話，路口我就不拐進去了哦！」那美女很豪爽地說道：「我技術不好，會倒不出來。」

胡北原忙說道：「不用麻煩，路口停就好，多謝妳了。」

臨下車的時候，女孩問道：「咦？翰陽你也在這兒下車？」

周翰陽笑道：「是啊，我等下自己坐車回去。」

「那ＢＹＥ囉！」

車子絕塵而去，胡北原還站在路邊，尷尬著不知該先走還是該怎的，周翰陽看著他說：「我先送你回家。」

「……」從禮貌上來講，這沒什麼不對……但又好像有哪裡就是不對啊！

可胡北原也不好表現得多忸怩，於是兩個大男人便沿著路，慢慢散步過去。

大概是因為入夜的緣故，這一條路頗是清幽，沒有其他閒人，只有光線發黃的、安靜的路燈。頭頂上是圍牆裡伸出來的一些枝葉，散著淡淡的香氣，微風裡偶有落花。

青年突然牽住他的手。

胡北原整個人都僵了，不由自主地雙眼圓睜，目眥盡裂！但裂歸裂，因為已經僵化了的緣故，他居然沒能把手抽回來，只維持著這姿勢，僵硬地走完這一條路。

走到公寓樓下，青年停下來，手拉手地，低頭看著他。

「今天我很高興。」

「……」握著的手掌，變成十指相扣，胡北原全身都快要石化到裂開了。只要周翰陽再朝他多靠近一步，他敢保證他一定會立刻裂成碎片。

然而青年抓起他的手，只是垂下頭，在那手背上親了一下。

「晚安。」

胡北原就像觸了高壓電一樣，保持著那手伸在半空中發僵的姿勢，一直到青年的背影消失，直到身上都已經被夜風吹冷了，手背上卻還像是殘留著那嘴唇溫熱的觸感。

一時之間，胡北原只能渾渾噩噩地想，他要是個女人，這事情不就簡單了嗎？

可事實是這一夜他註定只能瞪著窗外透進來的、愈來愈明亮的曙光，等著鬧鈴聲響。

這都數不清是他第幾次失眠了。回想起來，在他認識周翰陽之前，他的睡眠品質多高、多好，外面驚雷閃電、狂風暴雨都吵不醒他，現在像這樣動不動就睜眼到天亮，究竟是造了什麼孽啊!?

昏昏欲睡地在電腦前處理文件，胡北原整個腦子裡一團漿糊。他最近的工作效率十分低下，好在他的上司暫時應該不會太計較。

「哪位是胡北原先生？」

胡北原抬起頭來。

「你好，你的快遞。」

簽收的是個碩大的海藍色天鵝絨的方形盒子，樣子十分精緻，盒面那鎏金圖案華麗又細膩的質感，顯得莊重又考究。

胡北原一時想不出自己訂購了什麼，毫無防備地，當眾就把盒蓋那麼一掀——滿盒嬌豔欲滴的白玫瑰和淡紫色風鈴草，夾著濃郁鮮嫩的香氣撲面而來，猶如一整個春天。

眾人齊齊「喔」了起來，不懷好意地加以圍觀，胡北原饒是皮厚肉糙，在那浩大的聲浪之下，都不禁臊得面紅耳赤。

「小胡，有桃花哦！」

「嘖嘖——多好的妹子啊！」

「又浪漫，又有品味。」

「你就娶了吧。」

「對啊，我女朋友連根草都沒送給我過……」

在大家豔羨的眼光裡，胡北原只覺得手有千斤重，趕緊把盒子重新蓋上，強作鎮定地說道：「我把收件人和寄件人寫反了！」

眾人「切」一聲連連，紛紛露出嫌棄的表情，作鳥獸散。

胡北原兩手按著盒蓋，額頭上全是涔涔的汗，就跟按住了個裝了怪物的魔盒一樣，生怕手一鬆，那怪物就會從盒子裡跳出來，一口將他吃掉。

花盒沒有落款，但他自然知道是誰送的……根本不是「妹子」！搞不好他才是那個「妹子」啊！

周翰陽是真把他當成女孩子一樣來追求了！事情這樣下去，還能收場嗎？

胡北原痛定思痛、左思右想，還是抱著花盒去找始作俑者。

辦公室內的青年聽見推門的動靜，便立即抬起頭。他今天的心情好到爆棚似的，年輕的面孔發著光，眼睛都閃閃發亮。

「早。」

「……」他那麼英俊、那麼陽光、那麼燦爛，這一辦公室的空氣都顯得春光明媚似的，弄得胡北原都不太好意思直白自己的苦惱了。

瞧見他手裡的花盒，青年露出一個鮮花初啟般的微笑。

「喜歡嗎？」

「……」

青年望著他那吃了酸橘子一樣的表情，像是突然意識到什麼，忙收住笑容，說道：「是不是太招搖了？不好意思，我本來是想盒裝花應該會低調一點……」

「……」

年輕的上司對著他，靦腆又有些慚愧地低語：「是我欠考慮，抱歉讓你困擾了，以後不會這樣了。」

胡北原只得說：「其實也沒事啦……總之……呃……還是謝謝你。」

青年在這話裡聽出來些什麼似的，於是看著他。

胡北原鼓起勇氣，「周先生……」

「嗯？」

「你也知道的，我一直是……呃……那個……喜歡女孩子的……」

周翰陽用那雙黑白分明的眼睛望住他，「所以，我讓你不舒服了嗎？」

胡北原立刻否認：「沒有！」

……等等！為什麼他會這麼回答!?是剛才盒子裡的那個怪物佔據了他的精神嗎？

屋裡安靜片刻，胡北原鎮定了一下，又繼續說道：「那個……你明白的，我真的不太瞭解這種類型的感情，我可能也體會不了……」

他原本是打算一鼓作氣，把話挑明了說清楚的，而對著周翰陽那樣一雙眼睛，卻莫名地、不由自主地，就斟酌起詞句來，生怕自己表現得太殘忍。

「所以，我恐怕沒辦法回應什麼……」

「這我知道的。」周翰陽靜靜地，認真地看著他，「大衛・奧斯丁玫瑰的花語，就是耐心。我現在並不需要你給我什麼回應。只要你願意收下，就可以了。」

「……」有誰忍心對這樣的一個人說出拒絕的話？

玖

胡北原一回到家就翻箱倒櫃，找出跟各種垃圾收據、過期打折券塞在一起的名片，打電話約了某個人出來。

咖啡廳裡碰面，在他對面風流倜儻地入座的男人擺了個情聖的姿勢，微笑道：「我還以為你這輩子都不會主動打電話給我了呢！」

胡北原實在受不了他那種「我就知道你終會拜倒在我西裝褲下」的表情。憑良心說，他是一百萬個不願意跟這傢伙近距離接觸，但似乎也實在沒有第二個人可以找了。

「你可別誤會啊！我對你可沒意思。」

薛維哲饒有趣味地看著他，「那你約我有何貴幹？」

一提到這個問題，胡北原喉嚨裡就不太順暢，一口氣喝了半杯水才說：「……周翰陽他……」

「哦？」薛維哲很順溜地接道：「他總算跟你表白了？」

「＝＝！」怎麼好像路人都能瞭然於心的事，就他自己看不出來呢？

一想起，不知道還有多少人已經悄悄把這事看在眼裡，胡北原一時又坐立難安了。

「真不容易啊！還能有這麼一天，所以你是來徵求我的意見嗎？」不等胡北原回答，薛維哲又接著說道：「要我憑良心講的話，你還是不要答應他了，沒什麼意思的。」

他的意見如此乾脆，胡北原倒是愣了一愣，不由問道：「哦？為什麼？」

「要進這圈子，當然是選我來入門，我比他強得多了！」

「……」胡北原不打算再浪費時間聽他自吹自擂，直接了當地說道：「我只想知道，你們這一類人，談感情，到底是怎麼樣談的？我是指，你們的交往方式、相處方式什麼的。」

薛維哲笑道：「哦，我們嗎？和一般人也差不多呀！看對眼了，就戀愛、約會，然後同居。男人嘛！沒那麼多繞彎彎的心思，比較直接、節奏也快一點，合適就在一起，不合適就挑明了說。一般我第一次約出來，看對眼，就可以帶回家了，然後……」

胡北原忙制止他興致勃勃地解說，「行了、行了，不用跟我說細節！」

「呀——下面才是最重要的部分呢！你確定不聽嗎？」

「……哎，你們這麼在一起，能長久嗎？」

「當然不長久了。」

「為什麼？」

「怎麼長久啊？你也是男人，知道男人都是花心又忘性大的，沒有婚姻、沒有子嗣，當然就沒有束縛。不過好處也在這裡呀，外頭永遠都有新鮮的，是吧？」

「……」

薛維哲還在對他循循善誘：「所以你不需要有太多心理壓力。交往一陣子，又不是交往一世，何必這麼膽小呢？這又不是什麼萬劫不復的事，試試也無妨吧！試了覺得不好，你一個男人，也不吃虧。」

「……」

「說真的啊，我見過不少你這樣的人，他們在遇到我之前，都以為自己只愛女人呢！」

「……」

「如果你怕事，擔心跟翰陽試了以後不好收場，那可以跟我試，我絕對不需要你負責。」

「……」他才不會被這傢伙洗腦呢！

胡北原站起來打算結帳，薛維哲依舊沒放棄他的催眠：「說真的，你要是有興趣往這圈子發展，我各方面可都比翰陽來得好，技術也是哦！」

「……」

「他是生手。我不同，我會讓你領略到一個全新的、美妙的世界。」

「=_=不用了，多謝。」

薛維哲為人的好處是，買賣不成仁義在。見他要走也不阻攔，只說：「呀——幹嘛這麼哭喪著臉呢！翰陽喜歡你，又不是壞事。」

「怎麼不是壞事了？」掏錢請他喝東西，不僅沒聽到什麼建設性意見，還被色咪咪地自我推銷了一番，胡北原不由一肚子氣，「你當我樂意蹚這種渾水啊？」

無端端鬧得他三天兩頭失眠，最近連頭髮都開始掉得厲害了，這還能是好事？

「那要看你從什麼角度看這事了。」薛維哲正色道：「你要知道，人在戀愛裡，是很願意付出的，尤其是翰陽這樣的人。他有資源、有能力、有意願。你可以利用這一點，讓他為你做多少事啊！」

「……」

「對吧？你真的不吃虧。」

「……」胡北原突然有了一種奇怪的，帶了點甜味的不舒服。

這天在公司餐廳吃午飯，周翰陽突然跟他說：「小胡，要是有天，你不再跟我一起工作，不再當我的助理，你還會經常過來，跟我聊聊天嗎？」

「怎麼這麼說？」胡北原立刻警覺了起來，難道這關頭，突然要炒他魷魚？那天不是還說不需要他回應，只要他不拒絕就行了嗎？男人心真是海底針啊！

周翰陽說道：「你知道的吧？崔主管要離開了。」

「哦，是啊！」胡北原當然知道這件事。

崔主管就頭銜上來說是比經理低了一級，但他那個位置的實權和福利是一點也不輸經理。現在被調去外省的分公司當總經理，聽起來光鮮得很，但人人都知道是明升實降。公司內部八卦、議論了好一陣子。

「現在還未確定接替他位置的人選。」周翰陽看著他，「你有興趣嗎？」

胡北原立刻雙目圓睜瞪著他，「我!?」

「嗯！我推薦了你。」

「……」

「你在公司這麼多年，論資歷、論能力、論表現，早該升職了。我知道要不是因為我突然插一腳，你也不會到現在還待在這位子上。」說到這兒，青年又笑了，「當然，這對我不是壞事。」

「……」胡北原被他後面這一句，弄得不知道該如何接話。

「所以，這次我覺得應該幫你爭取一下。」周翰陽又說。

胡北原的一顆心立刻怦怦怦地跳起來了，一陣子頭暈目眩的猛烈高興過後，他又覺得不妥：「呃……你不會是因為那個什麼……才這麼做吧？」

周翰陽笑道：「不要亂想，我公私很分明的。崔主管被調職是因為嚴重的品格問題，我們不想重蹈覆轍。而你在這方面，從來不用我擔心。」

「……」胡北原從沒想過自己在周翰陽眼裡是什麼樣的人，他素來覺得自己市儈、現實，婆婆媽媽、膽小怕事，還見錢眼開。

而周翰陽卻是這樣看待他的。

在青年那雙清澈乾淨的眼睛裡，他好像都不好意思表現得太汙穢了。

「對了，你晚上，有什麼事嗎？」

明知道這樣的詢問，潛台詞就是邀約，胡北原還是鬼使神差地照實回答：「……沒呢。」

青年像是猶豫了一下，覺得這不是好的時機似的，但最後還是說：「那，晚上，能一起看個電影嗎？」

「……」

面對他的沉默，青年顯然有點緊張了，「哦，你別誤會，我沒別的意思，跟那個升職的事也絕對一點關係都沒有，只是剛好是今晚的票……」

胡北原覺得自己一定是被那天那花盒裡的魔鬼附體了，因為他明明就還沒考慮好呢，居然就聽見自己的聲音在說：「行啊。」

……見鬼了！

青年克制著似的，但原本抿住的嘴唇的線條，還是慢慢、慢慢，不受控制地變成一個大的微笑，「那我票先給你。」

「哦，好。」

「那，晚上見。」

胡北原呆呆地抓著手裡的電影票，他從沒見周翰陽這麼開心過，不止是眼睛，整個人都在發光發亮一樣。

兩個男人一起去電影院，說實在的，這本身其實沒什麼。

胡北原從來沒被女孩子青睞過，少有進電影院看電影的經歷（都是什麼消費積分換到的電影票、抽獎抽到的電影票、促銷搶到的零元票之類），也都是跟男同學或者同事一起。

但跟周翰陽並肩那麼一路走過熱鬧的電影街，他怎麼就覺得好像全世界都在看著他們，邊交頭接耳竊竊私語一樣……好吧，其實是那些女孩子都在看周翰陽，並且紅著臉笑鬧著竊竊私語而已。

進場之前，周翰陽建議：「要不要吃個爆米花？」

「好啊！」雖然很俗氣，但有東西可以往嘴裡塞，就算電影太悶，起碼也可以少些尷尬。

胡北原跟著周翰陽劃了座位、點了餐，等在取餐的櫃檯前。

忙碌的店員熟練地裝了兩杯可樂、一大桶爆米花，邊高聲報價：「情侶套餐四百四十元。」

「……」能不用加那兩個字嗎!?

除去那點小小的彆扭尷尬，電影還是挺精彩的。

周翰陽並沒有別有用心地選什麼文藝言情片，而是實實在在的科幻動作大片，IMAX的效果真不是蓋的，殘骸遍地開、機甲漫天舞，兩個男人來看這種片子的確合適，良心的選擇。

胡北原看得很投入，邊吸著可樂，邊為銀幕上那撲面而來的懸崖峭壁左右閃躲，再去拿爆米花的時候，正好周翰陽也伸手過來——兩人的手指不可避免地碰在一起。

這原本只是最自然的、輕微的、不以為意的碰觸，但不知道為什麼，那麼細小的觸感，在那一瞬間，卻像是被無限放大一樣，以至於大到超過了眼前的巨型銀幕；超過了那六聲道多喇叭音響系統，甚至充滿了這整個昏暗的空間。

胡北原的手僵在那已經被汗軟化了的爆米花上，而青年的手指又在他手背之上，對方像是有那麼一陣的猶豫和掙扎，而後終於小心翼翼地，試探一般地停留著，並不用力，但也沒有移開。

胡北原也不敢動彈，保持著姿勢牢牢抓著那把可憐的爆米花。

接下來的後半場，胡北原壓根都不知道自己看的到底是什麼東西了。

所有的感官似乎都聚集在他的手背上去了。他感覺得到那觸感、那溫度、那濕氣，甚至那異常激烈的脈搏，而除此之外的一切都是空白。

電影終於不知所謂地結束了。

場內燈光亮起，青年也把手輕輕移開，胡北原這才終於神智清明起來似的，眼睛、鼻子、耳朵統統都重新恢復運作，而後才發現自己的那隻手已經麻了。

……都麻成這樣，還能感覺得到什麼呀!?

所以剛才那些都是幻覺吧？

出了電影院，周翰陽說道：「我……我送你回家吧。」

「哦，好……」

兩人一路無話，隨便轉個電台，要嘛是癡纏情歌；要嘛是情感節目，好不容易切到個廣告吧，還是摩鐵套房、酒店之類的，總之怎麼尷尬怎麼來。

終於挨到了公寓樓下，因為時間已經不早，光線迷離的路燈之下，又是一片欲語還休的安靜。

胡北原吞了下口水，「那麼，晚安了。」

青年突然很鄭重地說道：「等一下！我有個東西給你。」

看他在懷裡仔細掏了半天，掏出一個絲絨盒子，胡北原頭皮立刻炸開了！媽的！不會是戒指吧！怎麼辦!?怎麼辦!?怎麼辦!?

在他差一點就要爆炸的時候，周翰陽總算把那盒子打開了，是條黑色細繩，帶了個翠色的掛墜。

胡北原悠悠吐出一口氣來，還好。（不過為什麼會覺得「還好」？這哪裡好了？）

青年似乎也很緊張，口齒變得不那麼伶俐，直說：「這個是……呃……是好東西來著。」

「……」

「你最近……呃……精神不是很好。它呢……能清心護體，我爸以前，呃……」周翰陽像是已經不知道要怎麼往下說了，尷尬了一陣，說不出話的他，往前小小邁了一步，略微不知所措地伸出手。

胡北原也不敢有什麼動作，配合地僵著脖子，等對方為他將這不知哪裡來的墜子戴上。哪知青年平時手腳敏捷，這時候卻是完全笨拙了似的，半天也沒法在胡北原脖子後面將那繩子的搭釦給對上。

「抱、抱歉……」

胡北原的頭就靠在他頸窩裡、臉貼著他的脖頸，以這種姿勢聽著他在耳邊喃喃地道歉、聞著他年輕的雄性的氣味、感受著他發燙的體溫，不由全身僵硬。

感覺像過了一個世紀那麼漫長，那繩子的搭釦總算扣好了。

兩人都各自稍微後退一步。

「抱歉！」青年手心全是汗，額頭上也有了細密的汗珠，面紅耳赤的，對著胡北原又是要微笑、又是緊張，而後說：「我沒經驗……」

……初戀!?胡北原心中叫苦連天，他何德何能啊，攤上這樣的殊榮!?他的人生其實也沒什麼奢望了，他就只想安心睡個好覺而已，有那麼難嗎!?

次日，又是魂不守舍的一天。

胡北原端著提神救命的咖啡從茶水間出來的時候，突然看到蘇沐。

蘇沐站在自動販賣機前面，發著呆，一襲黑色裙子顯得她格外消瘦，看起來猶如受傷的天鵝一般。胡北原突然意識到，他很久沒跟蘇沐說上話了。

……怎麼會這樣呢？大概是這陣子煩擾心神的事不少，以至於他竟然沒有閒出來的心思，去關注一直以來的女神。

他頓時覺得自己身為仰慕者太不盡職了。

「蘇沐？」他走到蘇沐身後，試探地輕聲叫她。

沒察覺他靠近的蘇沐像是嚇了一跳，回過神來，一看到是他，便露出了個不大自在的微笑，「嗨。」

「怎麼了？在這兒發呆呢？」蘇沐看著他，像是欲言又止。

「哦，沒零錢是嗎？我有，妳要喝哪個？」胡北原從口袋裡取出錢包。

蘇沐輕聲說道：「謝謝。」

一陣匡噹匡噹之後，她要的罐裝果汁掉下來了。看她穿著短裙不方便，胡北原便彎腰替她取出來，遞過去，「妳的果汁。」

蘇沐又說了一次，「謝謝。」

「不客氣，那我去做事了啊。」

「嗯。」

胡北原走了幾步，不甚放心地又回頭看了一眼，見她背影落寞地走了。

他覺得有點奇怪，回去便和同事打聽了下。

「蘇沐最近怎麼了嗎？」

「這你都不知道？」王浩神祕兮兮地湊向他。

「什麼事啊？」

王浩用種恨鐵不成鋼的眼神看著他，「資訊多久沒更新了啊你！她不是你的女神嗎？」

「……」

「蘇沐前段時間和一個富二代交往——紀家的小開，你聽說過那人吧？鬧得沸沸揚揚的，還上了八卦報紙呢！那時候風光得很啊……各種豪車接送、名牌加身，一天到晚送花來，簡直像飛上枝頭了。」

「嗄!?」這真的是在他身邊發生的事嗎？

「然後又分手了。」

「嗄!?」胡北原徹底跟不上節奏了。

這些八卦他居然半點都沒耳聞，他這段時間到底在忙什麼啊？

「看把你給痛心疾首的。你心痛到底是因為她跟了富二代？還是因為她被甩了啊？」

「呃，我沒有啊！我就是挺意外的，怎麼好好的就分手了？」

「人家把她甩了唄！拜金都是沒有好下場的，嫁入豪門是有那麼容易的啊!?」

胡北原不太喜歡這結論，也不贊同王浩那種輕佻的態度。漂亮女孩子，選個家境好的男朋友又有什麼不對？男朋友有錢就是她拜金，難道非得跟他們這些魯蛇在一起才算真愛嗎？

一場感情要修得正果原本就不容易，無疾而終是很常見的，外人怎麼就說得這麼難聽了？

然而胡北原很快發現，和他相同想法的人才是少數。就他所見，像王浩這種態度的人，遠不止那一個。公司裡挺多暗戀、明戀蘇沐而不得的人，說起這事，都是這種幸災樂禍的口氣，更不用說那些女職員了。

中午，周翰陽去了一個飯局，胡北原自己去公司餐廳解決午飯。坐下來吃的時候，他聽見旁邊桌子的兩個女同事也正在聊蘇沐。

「現在可失落了吧？前段時間估計是以為自己能當上少奶奶呢！」

另一個嗤笑了一聲，「她這叫做癡心妄想。」

「……」蘇沐這樣讓所有男性都眼前放光的女孩子，基本上同性緣大概就不怎麼樣，加上她一貫清高、孤傲、不甚合群，被人背後趁機說壞話，這也挺正常。但胡北原還是替她覺得不公平了。做個關注度太高的人也難啊……發生點什麼挫折，輿論本身就比那事件還來得煩擾。

胡北原正想著，一抬頭，就正巧見蘇沐一個人端著著餐盤在那站著，高峰期用餐的人多，沒空桌子，在一片意有所指的竊竊私語裡，她像是一時不知去哪裡坐，只能發著呆。

「蘇沐。」胡北原揚手叫她。

蘇沐聞聲看向他。

「過來坐吧？這邊有位置。」

蘇沐朝他略微感激地一笑，走到他桌前坐下。她依舊是傲然的姿態，最近是瘦了不少，益發清減。

胡北原看著她清淡的午餐盤，「多吃點肉吧！瞧妳瘦得。」

「……」

「別跟我說妳這樣還需要節食啊！」

蘇沐問他：「……我現在是不是瘦得太過頭了？」

「哦，沒啊，瘦得很漂亮啊！」胡北原安慰道：「但胖一點才健康嘛！健康最重要了。」

蘇沐微微一笑，低頭夾菜。餐桌很窄，兩人靠得近，胡北原自然聞到了她低下頭來時，頭髮上的香氣。換成以前，能和女神如此近距離的接觸，他早就神魂顛倒、腦內空白了。

但胡北原這時候倒沒什麼其他想法，就是覺得挺同情她的，原本失戀就傷人了，還得被無聊看客們落井下石，他真不知道王浩那些人怎麼想的？怎麼也是仰慕過的女神，蘇沐也從不和他們當中的任何人曖昧，談不上對不起誰，結果因為人家選了個有錢男朋友，沒選他們，回頭就只剩下冷嘲熱諷了。

這種得不到就咬牙切齒的心態，他不能苟同。

吃過午飯，蘇沐去前台那取了個大件快遞，厚實的一個大紙箱子，裡頭也不知裝的什麼，看著就不輕。

胡北原看蘇沐穿著高跟鞋，又瘦得弱柳扶風一般，便說：「妳放著就行，我來幫妳。」

「謝謝……」

胡北原抱著箱子，自然而然地走在前面，到門口時，他用胳膊肘頂開了玻璃門，對蘇沐說：「妳先進。」

就這樣在眾目睽睽之下幫著把箱子抱到蘇沐的工作桌旁，胡北原才回到自己的位置上。

剛坐下來，旁邊的王浩就不陰不陽地輕哼：「北原，你用得著這麼跪舔嗎？」

「……說什麼呀你，我怎麼跪舔了？」

「都那樣了，還不叫跪舔？」王浩笑嘻嘻地揶揄道：「備胎當得這麼勤快，是不是想接盤啊？」

胡北原頓時氣得滿臉通紅，正待反擊，突然聽得有人平靜地說道：「怎麼了，小胡不就是幫女同事搬個東西、開個門，這點小事有什麼值得說嘴的？換我也會那麼做。」

周翰陽不知道什麼時候已經回來了。

「周先生好。」王浩訕訕地解釋：「我就是開個玩笑。」

周翰陽淡淡地說道：「男人要有基本的風度。」

回頭胡北原送文件給年輕的上司時，特意對他說了聲謝謝。

周翰陽笑道：「傻子。」

胡北原心想，這傢伙笑得真好看！

「我跟蘇沐……」

周翰陽收起了笑容，說道：「哦，沒什麼……我是在追求你，但你有選擇的自由啊。」

「……」

安靜了一刻，青年才又道：「吃醋是有一點啦……但我如果不維護你，那和王浩又有什麼區別？」

胡北原莫名就侷促了：「……我跟蘇沐沒什麼的。」

周翰陽看了看他，眼裡帶著笑意，「你這是……特意對我解釋的嗎？」

胡北原又尷尬了，「沒……我就是那麼一說。」

青年眉眼彎彎地微笑道：「謝謝。」

臨下班的時候，胡北原又看到了蘇沐和她的那個大箱子。

人都走得差不多了，蘇沐還過分安靜地坐著，整理她的文件。

胡北原過去跟她打招呼：「哎，還不下班啊？妳抱著這個，等下得叫計程車吧？我先幫妳搬下樓？」

蘇沐搖搖頭，「箱子嗎？不用了。」

「不帶回家嗎？」

「不了，沒什麼用。」蘇沐笑道：「那都是之前我留在他家的東西。」

「……」

「謝謝了。」

「……」

一場感情裡，被遺留下來的人，究竟是什麼樣的感覺呢？胡北原不知道。他只是類似仰慕地暗戀過，而還不知道愛情真正的感受。

又過了幾天，胡北原突然從公司內部的通訊軟體上收到來自蘇沐的消息。

「等下吃午飯的時候可以出來一下嗎？到隔壁的咖啡店。麻煩你了。」

蘇沐從來沒主動邀請過他，這一下就顯得有些古怪地鄭重，於是，胡北原二話不說便赴約了。

推開咖啡店的門，蘇沐就已經在桌邊坐著了，臉色蒼白、看起來有些魂不守舍。

胡北原過去坐下。

「約我出來，是有什麼事嗎？」

蘇沐不太自然地笑了一下，「嗯，我有點事，想跟你說……」

「怎麼了？」

「抱歉，跟你說其實不合適，但是我……」蘇沐抿著嘴，像是很難以啟齒，「我沒法一個人……」

「不要緊的，妳說吧！怎麼了？」

半晌，蘇沐才小聲地說道：「我好像，懷孕了。」

胡北原嚇了一跳，「……嗄？」

蘇沐強作鎮定地微笑道：「嚇到你啦？」

「呃……沒有，但我是挺意外的。」

主要是，他壓根沒想到蘇沐會對他坦白這種事情。至於其他的，怎說呢……驚訝有之，而再多一層的情緒，那就沒有了。成年男女的戀愛，有所親密很正常，稍微不小心點，也就會變成這結果。他對這事不會有過多的解讀。

但就蘇沐的狀況來看，這件事就不好往外說了，不然又要被放大成什麼不自愛、想攀高枝，引來一堆難聽的說辭。

對於女孩子，一切輿論都會往最惡意的地方發展的。

「那……那妳怎麼打算的？」沉默了片刻，胡北原問道。

「我不知道……」蘇沐輕吁了口氣，表情倒還挺冷靜的，「我想，我需要去醫院確認一下……確認了才能想後續的。」

「好，那等下了班，我陪妳去一趟醫院吧。」有些東西的確難以獨自面對的，身邊多一個人陪著，哪怕他派不上什麼實際用途，也會令人多一些勇氣。

「……」蘇沐像是略微鬆了口氣：「謝謝你。」

暗戀那件小事

心不在焉地熬過了一下午的工作，臨下班，胡北原匆匆收拾了東西，拔腿就要走。

才邁開一步，就聽得年輕的上司叫他：「小胡。」

「嗄？」

周翰陽朝他笑了笑，「今晚有空嗎？有家店……」

胡北原忙說道：「我有點事。」

「哦……」周翰陽神色微斂。

「真的有事，我得先走了。」

「好的。」

「不好意思。」

「沒事。」

待他走了兩步，又聽見青年在他背後說：「小胡。」

「嗯？」

「如果你覺得我令你困擾，我希望你直接告訴我。」

「哪會啊！」

他為自己的脫口而出意外了一下。

青年也微笑了，「嗯，那就好。」

「我今天是真的有事忙。」

「嗯……需要我送你嗎？」
胡北原連忙擺擺手，「不用、不用。」
青年望著他，「嗯，那，再見。」

胡北原陪著蘇沐進了醫院，在急診抽了血送檢，兩人便在長椅上安靜地坐著等待。一男一女來做產檢十分尋常，沒有任何令人不適的眼光。
「我很害怕。」蘇沐突然低聲說道。
「不要怕。檢查而已啦！」
「嗯。」
他知道蘇沐怕什麼，但也沒有更好的安慰，只能陪她沉默地坐著。
過了一會兒，報告出來了。
他們將單子拿去給醫生，醫生掃了一眼，很平淡地說道：「是懷孕了。」
「……」
對於他們的靜默，醫生也見怪不怪地詢問：「要還是不要？」
蘇沐一聲不吭，胡北原連忙說道：「不好意思啊醫生，我們需要想一下。」
「行。那快點決定啊！」
出了診室，蘇沐突然說道：「我有點渴……」

「我去給妳買瓶飲料。」

「嗯，謝謝……」

拿了果汁回來的時候，遠遠看著燈光裡，長椅上蘇沐安靜的瘦弱的背影，居然有點像自己的妹妹，胡北原不由得百感交集。

「喝點果汁吧？呃……」

他這才發現她哭了。

胡北原頓時替她難受了，「哎，蘇沐……」

感傷地沉默了一陣，他又問：「妳餓了嗎？要吃什麼，我去給妳買。」

蘇沐搖搖頭。

想來她也吃不下。胡北原嘆了口氣：「那，妳是打算……」

話及嘴邊，想起那旁邊的人工流產術後休息室，不由心中一顫，就說不出口了。

過了半晌，蘇沐輕輕地說道：「我，不想打掉。」

「……」

「我想生下來。」

「嗯……」瞬間種種諸如「備胎」、「喜當爹」、「接盤俠」之類的悲劇辭彙，在他腦子裡爭先恐後地奔跑而過。他都沒來得及想自己，第一反應竟然是，那，周翰陽怎麼辦？

蘇沐抬起頭來，對上他僵硬的臉，突然破涕為笑，「你可不要誤會啊！我對你沒任何想法。我養我的，不會有你的事的。」

「……」胡北原在鬆了口氣的尷尬之餘，又忍不住說：「可是，妳也知道，這樣的話，妳一個人，後面會很艱難，何必呢……」

蘇沐像是有些茫然，怔忪了一會兒才道：「因為，我真的好喜歡他啊！」

「我還以為妳喜歡周翰陽呢！」

蘇沐微笑道：「哦，是的，一開始的確，周先生那樣的男人，誰不會有好感呢？人對美好的東西都會有的一種本能嚮往吧？但那不是愛。一直到遇見了他我才知道。」

胡北原突然覺得她好可憐。

「你知道嗎？有些人，因為他很好，你想和他在一起，那是喜歡。有些人，即使知道不好，甚至不對，你還是想和他在一起。那就是愛了。」

「嗯……」胡北原似懂非懂地想著，其實對於蘇沐的態度，他真心是非常、非常意外的。畢竟蘇沐還年輕，又這樣美麗。簡單一個手術過後，就當什麼也沒發生過，她一樣可以有其他很好的選擇。而現在這個決定，等於扼滅了她人生當中那些更輕鬆、更捷徑的可能性。

於是他又問：「妳想好了嗎？」

「嗯。」

「真的想好了？」

「嗯。」

「別怪我說話直接啊……到時候，沒人知道爸爸是誰的話，妳很辛苦。但被人知道爸爸是誰的話，妳又要被說成是想母憑子貴、別有用心……」

「隨便吧！」蘇沐搖頭笑道：「會這麼想的那些人太天真。」

「……」

「他們不瞭解那個人。他才不是會被要脅的人呢！如果能為一個孩子就不得不低頭，他也不會跟我分手了呀！」

胡北原很是糾結地嘆了口氣：「但我還是覺得，不值得啊……」

蘇沐微笑道：「那是因為你還不知道真正愛上一個人的感覺。」

「……」

於是，胡北原的人生裡，又多了一個祕密。

這件事情，他並不敢告訴周翰陽。畢竟，這對蘇沐來說實在太隱私了。她已經在籌備，暫且多工作一些時日、多攢些錢，等孕期差不多時間，在大家有所覺察之前，她就要辭職，徹底消失在公司這些閒雜人等的視線裡。

而他作為唯一的知情人，怎麼都得替她隱瞞到底。

當然，背負著祕密的日子是比較辛苦的。

他需要照顧好蘇沐。雖然蘇沐已經超乎他想像的獨立和堅強了，還是多少需要有個人來幫襯她一點；但又不能被人看到他倆走得太近，以免不必要的流言蜚語令蘇沐困擾。

而這一切，還都得瞞著周翰陽。

這陣子心累、人累，加上工作多，他時不時地就走個神，滿腦子都是惡補的孕婦知識，葉酸、維生素、ＤＨＡ、七七八八各種檢，焦頭爛額得很，更不用說有心思想其他的。

比如周翰陽、比如周翰陽讓他考慮的事。

好不容易無波無浪的幾日過後，胡北原一看日曆，就知道自己要迎來新一輪忙碌的高峰。

真是什麼事都湊到一起了啊！

他疲倦地揉了下眼，索性起身去倒個咖啡醒醒腦。

透過茶水間的百葉窗，他不經意地看到辦公室裡的上司。青年在很認真地在工作，螢幕的光隱隱投在臉上，看起來好像清瘦了一些，但還是很俊朗。他就那麼簡單地穿著白襯衫，釦子扣到頂，袖子折了兩折挽起來，乾淨、嚴謹、一絲不苟。

胡北原不知不覺就站著看了好一會兒，最近他倆都沒什麼相處的時間，除了工作內容和例行公事的招呼道別之外，完全沒聊過別的……咳……當然，他沒別的意思和想法啦。就是……那什麼……朋友之間嘛！偶爾都要聚聚的嘛！是吧？

正走神著，猛然周翰陽一抬眼。兩人四目相對，胡北原猝不及防，一時間鬧了個大紅臉，正待趕緊走開，就聽見周翰陽叫他：「小胡。」

「哎……」

暗戀那件小事

「你進來一下。」

胡北原略微尷尬地推門進去，年輕的上司對他微笑道：「小胡，我想問問你，明晚有空嗎？」

「啊……明晚我有事。」

周翰陽「哦」了一聲。

「怎麼了？有什麼需要我做的嗎？」

周翰陽淡淡地一笑，道：「也沒有特別的，你有事就忙吧。」

「……好的。」

周翰陽過了一刻，又問：「那後天呢？」

「啊……這幾天……我應該都沒空。」

「哦，那沒事了。」

胡北原讀不懂上司臉上平淡的情緒，但在他的安靜裡，不知怎麼地，胡北原就覺得特別有義務要跟他解釋清楚。

「是這樣的，我媽跟我爸要過來玩一陣子，火車明天下午到，我得去接他們。然後接下來，你知道的，老人家，得我多陪陪他們。所以加班之類的，這段時間能不排就先不排給我了吧？」

周翰陽像是只聽到前兩句，正襟危坐地問道：「嗯？你家人要來？」

「對啊……」

「有什麼需要我幫忙的嗎？」不等胡北原拒絕，他又說：「我跟你一起去車站接他們吧？」

「不用麻煩你啦。」胡北原連忙擺擺手，帶上司去接自己爸媽，這什麼禮儀啊!?

青年一本正經地望著他，但還是慢慢彎起眼睛，藏不住笑容似地露出細白的牙，「不會麻煩，我開車很方便。火車站出來，要叫車倒是很難。反正我明天也沒其他安排，正好一起去。」

拾

火車南站是多年的舊站，悶、熱、嘈、臭、擠。因為給可能有的塞車狀況預留了太多時間，導致他倆到達的時候，比火車抵達時間提前了好大一截。於是只能在那人群散發的、不甚清新的熱氣中熬出一背的汗。

他自己倒罷了，而周翰陽今天也是一貫的衣冠楚楚，襯衫雪白、西裝筆挺，還有兩枚分量不輕的藍寶石袖釦，再加上眉目清朗、挺拔出眾，和這嘈雜汙濁的環境簡直格格不入。

但他看起來心情倒是挺好的，只不過那快活之中似乎又像是帶了點緊張。

等了許久，胡北原終於在出站的人流中看見自己熟悉的身影了。

「媽、爸！」

胡媽和胡爸大包小袋的，胡北原忙上去幫他們接過，周翰陽也隨之上前。

胡北原向父母介紹：「這是我……同事，周翰陽。」

「伯父好、伯母好。這兩個箱子我來拎吧？」

「你好、你好，多謝你啊，還特意幫阿原來接我們。」胡媽媽笑得很熱絡。

「應該的，舉手之勞而已。」周翰陽掛著有幾分靦腆的笑容，把大堆東西放進後車箱。也

幸好車子夠大，能塞得進這些搬家一般的行李。

胡北原不由抱怨：「不是說了行李從簡，怎麼又帶這麼多東西？不嫌重嗎？」

「不是怕你這買不著嘛！」

「T城有什麼是買不到的？還非得大老遠這麼重地從家裡扛過來。」

「這些雞蛋、臘肉、冬菇，都是人家自家養的，多新鮮乾淨的東西，你這邊還真買不著。」胡媽媽捏了下兒子的臉，又熱情洋溢地轉向周翰陽，「小周，你要不要帶點回去？這都是你們說的綠色食品，不容易吃得到的呢！」

「哎，什麼東西他吃不到啊……」在周翰陽面前，胡北原第一次為母親的自賣自誇而感覺到臉紅。

周翰陽倒不推辭，挺大方和高興地接受了。

「好呀！謝謝伯母。」

於是等一回到胡北原的小公寓把行李擺放好，父母還真的收拾出一大堆的臘肉、冬菇、筍乾，熱情地裝滿一袋子硬要塞給周翰陽。

「好東西來著，你平時吃不到這麼好的！」

胡北原臊得滿臉通紅，「哪兒呀！自家產的東西……」

「謝謝。」周翰陽笑得格外地陽光燦爛，道：「既然收了這麼大的禮，不如晚上我做東，一起吃個便飯，給伯父伯母接風洗塵吧？」

「晚飯在家吃就好了。」

「對啊！我們帶了這麼多東西，都是現成的，再買點蔬菜就夠了。出去吃多浪費。」

「小周一起呀，留下來吃晚飯，嚐嚐我們的手藝。」

周翰陽笑道：「好啊！」

胡北原對於父母那種淳樸的熱情洋溢有點不好意思，但好在周翰陽表現得頗為領情，甚至樂在其中。他父母在廚房大展身手的時候，他倆也在一旁打打下手、剝剝豆子、揀揀菜葉，倒也其樂融融。

飯菜上桌。長方形的餐桌，胡父、胡母坐一邊，胡北原和周翰陽坐另一邊。胡媽一個勁地給對面的周翰陽夾菜，「來、來——多吃點。」

「謝謝、謝謝。」周翰陽臉上一直帶著開心、靦腆的微笑，「這是伯父伯母第一次到T城嗎？」

「不，阿原讀書的時候來過一次。」

「那是好多年前了吧？有去哪兒玩過嗎？」

「有啊！在阿原的學校逛了，還有那個什麼植物園……」

「別提了，那裡面的便當可貴了。」

「是啊！才那麼一點米飯、一撮菜，要幾百塊錢。」

「……」胡北原簡直尷尬恐懼症都要發作了。他爸媽是非常坦率直爽的鄉下人，有種毫不

掩飾、全無修飾的天真。他當然不會以此為恥，只是在周翰陽面前，不知怎麼的就尷尬萬分，生怕他覺得這一切對他而言太可笑。

周翰陽倒是一點嘲笑的意味都沒有，只認真詢問：「就去過那兩個地方嗎？」

「是呀！我們那時候覺得住旅館太花錢，一天就走了。」

胡北原恨不得把臉埋到碗裡去了。

「這次應該會住久一點吧？有興致的話，我來安排一下，讓兩位在這裡好好逛逛？」

「好呀、好呀！反正也沒什麼事。」

「T城好玩的地方是很多的，改天我拿點資料來，看伯父、伯母比較喜歡什麼，然後安排好時間，慢慢玩。」

「行呀、行呀！」

周翰陽這麼客氣、熱情，待得吃過晚飯，送走周翰陽，胡家爸媽就關上門討論起來了。

「這年輕人，挺好的呀！」

「是呀！脾氣好、有禮貌，還長得好！」

「比阿原乖巧多了，嘴巴還甜。」

「就是——阿原，你也多學學人家，看你跟個悶葫蘆似的，哪能討人喜歡啊!?」

「……」

「說來，他這麼熱心，是不是你下屬啊？你回頭得多多關照人家，提拔一下年輕人。」

胡北原沒好氣翻了個白眼，「他是我上司！」

胡北原找了個時間，挑了一些爸媽所帶來的、數量驚人的綠色無汙染家鄉特產，帶去給蘇沐。反正燉湯什麼的都用得上。

蘇沐開門的時候，胡北原見得她面色蒼白，一副沒休息好的樣子。

「怎麼臉色這麼差？醫生不是說了妳那什麼什麼值過低，胎像不穩，要多靜養嗎？妳不會當耳邊風吧？」

蘇沐神情疲倦地應道：「有靜養啦！你看我連家務都少做了，懶得什麼一樣……就是最近我老做惡夢。不太能睡得穩。」

「怎麼了？做什麼惡夢？」

「就是那種……」蘇沐想了一下，「不知怎麼說，有點邪門吧，而且老覺得周圍有那種東西。」

「……」

「你知道嗎？我那天去醫院檢查的時候，總覺得有人在我後面，但每次回頭，都沒有人。然後吧，我明明看見有個人在我前面進了電梯，等我進去，發現裡面是空的。」

胡北原聽了半天，也有點毛骨悚然，「……是孕婦體質的關係？」

「可能是吧……我以前沒這麼敏感的。這些天，老覺得房間裡有人、有眼睛。有時候，明明睡著了，但會感覺得到好像有人在床邊上，我想醒過來，可是怎麼都睜不開眼睛……」

……女人懷著孩子，一個人實在太不容易了！真心需要多得到些照顧啊！胡北原寒毛倒豎地想了想，於是又說：「等週末，我幫妳去廟裡求個符。開光的佛珠什麼的，也許有用。」

他雖然不迷信，但有些時候還是抱著寧可信其有的心態。

蘇沐莞爾一笑，「謝謝。太好了，你沒當我是在胡說八道。」

「哪能啊……」他大致也瞭解蘇沐的個性，不是那種愛裝柔弱扮矯情的人，「對了，家裡有沒有什麼辟邪的東西，先放在身邊鎮一鎮？」

「沒有……」蘇沐想了想，又道：「呀……說來我其實應該買塊玉戴著的。以前亂買首飾都是挑白金、水鑽什麼閃閃發光的，還真缺了玉這東西。」

胡北原突然想起自己脖子上掛著的，周翰陽送他的那個平安釦。那時候，青年略微結巴地輕聲說著「它清心護體的……」，脖頸還貼著他的臉頰……

……亂想什麼呀這是!?回憶起那聲音，和那皮膚的溫度，胡北原突然就不自在了，本能地用手指摸索了一下那冰潤細膩的翡翠，居然生出一絲類似小氣的不捨來了。

但他還是說：「要不這個……我先借妳戴幾天？」

「嗄？」

他從脖子上取下掛繩，那塊帝王綠的掛墜，哪怕是外行，也一眼看得出它的完美飽滿、色澤濃辣。

蘇沐很是驚訝地感慨道：「哇！好漂亮！這個也太美了吧！」

胡北原本能地又說：「這個真的只能借妳，一定要還我。」

蘇沐噗嗤一下笑出聲了，「喲，誰送的？」

「欸？」胡北原尷尬了一下，「幹嘛這麼問？」

「你的個性是這樣啊，如果是你自己的東西，你反而不會這麼緊張的。」

「咳——」

「女朋友？」

「……不是。」

蘇沐收斂了下神色，問道：「北原，這樣會耽誤你跟你女朋友吧？」

「嗄？」

「我們之間當然是沒什麼，但是如果你有女朋友，她難免會誤會，還是得解釋清楚和避嫌的。需要的話，我可以幫你澄清。」

胡北原沉默了片刻，心情複雜地重申：「……我沒有女朋友啦。」

這天回到家，胡北原就看見他那對興奮得不能自己的爸媽。

「……怎麼了？」

「今天小周安排了人，帶我們去玩了。」

「你知道他中午給我們訂了什麼嗎？那個什麼斯丁的自助餐，餐廳可大、可漂亮了，露台上有個外國人樂隊在拉琴呢！」

「……」

「好多外國人在那排隊，輪都輪不到，我們不用排隊就進去了，好神氣！兩個人還訂了四個人的位置，還有跳舞表演可以看，還能抽獎！」

「……」

「東西隨便吃，什麼都有，那一大圈繞著拿，走得我腳都累了，還不要錢！」

「別瞎扯了！」胡爸打斷了胡媽的話，搖頭晃腦地說：「肯定是小周事先付過的，讓他破費了。阿原，你找個機會把錢還人家吧！」

胡媽也說：「那應該挺貴的吧？兩個人加起來，得花個幾千塊吧？」

「……」至少得加個零吧！胡北原哭笑不得，但還是閉緊嘴巴，免得影響爸媽的興致。

「對了，小周還說了，明天讓人帶我們去那什麼花湖，去那景點得起早一些，從這過去交通挺不方便的，他還約了司機來接我們。」胡媽對周翰陽簡直讚不絕口：「多周到的年輕人啊，長得還好看。

阿原，你說他這麼熱心，會不會是因為你特別特別有前途啊？你是不是快要升職啦？」

胡北原說道：「……媽，妳想太多了。」

「說來，他有女朋友了嗎？」

「看起來像是單身啊？要不要給他介紹個？」

胡北原莫名一陣煩躁，「他單身也不關你們的事啦！隔了那麼遠的，操什麼心呢！」

「也對，我們眼前這個都還沒解決呢！」

「……晚上吃什麼啊？我餓了。」眼看引火上身，胡北原趕緊轉移話題。

「晚上我們約了小周來家裡吃飯，等他來才煮。」

「嗄？」胡北原大驚失色，「他今天下午有個高峰會，估計完了還得應酬，等他來我都餓死了啊！」

「那你就餓著吧！」

「……」什麼時候他們已經跟周翰陽單獨接上軌了啊!?

胡北原簡直覺得哭笑不得。過了一陣子，周翰陽果然來了，還拎了瓶胡爸喜歡的酒，和兩盒燒味。

「實在不好意思！今天事情拖得比較久，來得晚了。」

胡爸熱情地說道：「沒事、沒事，工作要緊。那我開始做飯了啊。」

「伯父、伯母也餓了吧？先吃點燒味墊一墊……晚飯要不我來做？」

「哎呀，你會做飯？」

「會一點。」周翰陽笑道：「不介意的話，我就獻醜了。」

胡媽簡直對周翰陽讚不絕口了：「你看人家，怎麼生的啊？體貼、能幹、長得好、還會做飯！」

拾

被遺忘在角落的親生兒子胡北原嘟噥道：「我也會做飯啊！」

「你長得有人家好嗎？」

「……」

周翰陽在廚房接受胡媽的各種追捧，胡北原則餓腸轆轆地在客廳往嘴裡塞燒鵝，突然，門鈴聲響。

胡爸過去一開門，有些意外，「妳是……」

來客似乎也愣了，而後說：「不好意思，我找胡北原，請問……」

胡北原聞聲忙站起來，「……蘇沐？」

蘇沐也覺察自己來得不是時候了，「啊，這是……」

「這是我爸，這是我同事，蘇沐。」

見胡爸兩眼放光，胡北原心下暗道不妙，趕緊把蘇沐拉到一邊：「怎麼了？有什麼事嗎？」

「哦，沒什麼，我剛好在附近買東西，就想把你上次落在我那的外套送上來。」蘇沐補充道：「剛打了你電話沒人接。」

「哦、哦——好。」的確這個她不好帶去公司，拿來他家還給他是最合適的，但……

「蘇沐？」

「……周先生？」

端著盤子走出廚房的周翰陽和她面面相覷。一時間裡胡北原都能感覺到兩人各自的疑慮爆表，尷尬到十分。

而對於蘇沐的意外來訪，胡家爸媽則是如獲至寶。

「阿原，這是你同事啊？」

胡北原硬著頭皮，「是的……」

「叫蘇沐是吧？好名字啊，就叫妳小蘇吧？吃過飯沒？一起坐下來吃一點啊？」

蘇沐笑著婉拒：「不用了……」

「別客氣啊！」

「對啊！晚上準備了太多菜了，留下來一起吃吧？」

「是呀、是呀！人多熱鬧，妳不嫌棄，就添雙筷子陪我們吃點吧？」

胡家父母這麼一唱一和的，蘇沐也盛情難卻了：「好……那就謝謝啦，給伯父、伯母添麻煩了。」

飯菜上桌，大家圍坐下來。

周翰陽問道：「蘇沐，妳請了幾天病假，現在還好嗎？」

「差不多了，明天就回去上班銷假。」

「嗯，好好休息。」

胡媽關心地問道：「小蘇怎麼了？哪裡不舒服？」

胡北原趕緊插嘴：「就是病了，不是什麼大事，她比較體虛。」

「那得補啊！女孩子身體虛，可馬虎不得……」

「是、是……」

有胡家爸媽在，飯桌上永遠是熱情洋溢地冷不了場的，但胡北原只覺得那暗潮洶湧的氣氛，令他連飯都吃不下去了。

吃過飯，胡北原幫蘇沐先叫了計程車，千叮嚀萬囑咐地送她上車。周翰陽又坐了一會兒才起身告辭。

送他下樓的時候，一路都極其安靜，那不是平和無事的靜默，是壓抑的、忍耐的沉默。

胡北原終於忍不住，突然對著青年的背說：「我和蘇沐沒什麼的。」

青年回過頭，望著他，「嗯。」

胡北原看不透對方的表情，彷若平靜，又似麻木。他只能說：「真的沒什麼的。」

青年微笑了，「嗯，謝謝你。」

他的確沒必要這麼跟周翰陽說的，人家也說過了，他有他的自由。但他也不知怎麼的，就是忍不住要如此聲明。

他也不知道這種多此一舉是為了什麼……一回到家中，看見父母喜氣洋洋地湊上來，他就對接下來可以猜得出來的話題感到一陣頭痛。

「那個蘇沐，是你們公司的啊？怎麼會有這麼漂亮的小姑娘啊？」

「她有男朋友嗎？」

胡北原煩躁地說道：「人家就是個同事，有沒男朋友我跟她都是不可能的，你們別瞎想了。」

「怎麼就不可能？不可能，她怎麼會來給你送外套？你的外套，又怎麼落在她那兒的？」

「……別說這個了好嗎？」胡北原完全無言以對，「給你們兒子留點隱私行嗎？」

「行、行。不說就不說。」胡家爸媽也不硬來，過了會兒又說：「對了，我們來之前，去吃了郭伯伯兒子的喜酒。」

胡北原知道接下來他們要唸叨什麼了，不由得用抱枕蓋住耳朵。

「什麼時候交個女朋友啊？你年紀也不小了。」

胡北原只能哀嚎一聲撲倒在沙發裡。他是真心覺得不安的暴躁。也許是父母的催促，也許是周翰陽的那種表情……是的，那種表情。

那種說不上來，明明好像什麼事都沒有，什麼情緒都沒有，但又好像……什麼都有。

次日上班，胡北原簡直有種身心俱疲、快要累癱的感覺，然而，同事們卻接二連三地對他露出笑容。

「北原，要高升了啊！」

「嗄？」

「不用說了，這回肯定就是你啊！」

胡北原這才想起崔主管正式被調任了，過兩天這個位置就要公佈新的接任者了。

「……哈，沒影的事呢！」他可不想像上次那樣，滿心想著十拿九穩是自己升職，糖都買了，結果臨時鬧那麼一齣，而且他現在心裡煩亂的事多，也不是那麼在意升職這件事了。

同事還在調侃：「說來，北原，你這升完職，不就該考慮迎娶白富美，走上人生巔峰了嗎？」

「……」

「對啊，現在的相親聯誼會上，最受歡迎的就是北原這樣工作穩定、升職有潛力、有房又年齡合適，還長得帥的對象。」

「對啊！現在女孩子就喜歡你這種條件的，可食範圍很廣哦！」

「北原還單身吧？要不要給你介紹個對象？」

「……不用、不用。」胡北原也不在意自己在相親聯誼會上到底銷路如何，他只本能地不想周翰陽聽見這些在敏感處撓癢癢的閒話。

「害羞什麼呀！」

「哈……」

同事們炮火全開地圍著胡北原調侃，正巧蘇沐抱了堆文件走近，過道略窄，跟人側身避讓的時候還是撞了一下，手裡的文件灑了一地。

一看蘇沐打算彎身去撿，對她現在的身體狀況十分如履薄冰的胡北原連忙說：「別動！我幫妳！」說完，他就意識到自己反應過度了。

蘇沐也立刻說道：「謝謝你，我自己來就好。」

這一彎腰，原本藏在毛衣和襯衫之間的平安釦便滑了出來。蘇沐也知道這一塊玉的招搖，立刻用手捂著迅速塞了回去。

這只是個無關緊要的小插曲，並沒什麼人留意到，胡北原也沒往心裡去。他回頭還特意從周翰陽的辦公室窗口往裡偷看了一眼，青年看起來很平淡，跟往日並無兩樣。

「……又有什麼事啊今天？」不要每天都給他來點招架不住的新情況吧!?

一回家，胡北原就又對上父母那神神祕祕又擠眉弄眼的表情。

「兒子，你說，你買的這是什麼啊？」

「你們亂拆我包裹幹嘛啊!?」一看見爸媽手裡的東西，胡北原登時就急了。

他之前看見網上推薦的孕婦枕在特價，便想幫蘇沐囤一個，順便跟著其他一些孕婦用的小東西一起買了。

因為不敢寄去公司，當時就寫了家裡的地址，想著反正門衛也能幫著簽收，結果過了好久都沒發貨，他忙起來一時也忘記了這件事，哪知道這時候寄上門了，他這對充滿好奇心的父母還順手幫他拆了。

「兒子，你把誰搞大肚子了啊？」

「我沒有！」胡北原頭疼地重申。

「怎麼會沒有？沒有大肚子，買這些幹嘛？」

「就是啊！你有隱私，我們不逼問你，但這不是明擺著的嘛！」

「什麼明擺著啊！」胡北原咆哮道：「這只是幫人買的，跟我沒關係！」

「當然是幫人買，你又沒法大肚子。」

「對啊！重點是，到底幫誰買的？」

胡北原對於他們這樣美滋滋地唱雙簧受不了了，「幫誰都一樣！你們別亂想了，也別問了！」

「其實，你不說，我們也知道。」

「什麼啊!?」

「因為，你媽在給你洗衣服的時候，在你外套口袋裡找到這個。」胡爸拿在手上的，是醫院做產檢的收費單子，有名字、有詳情。他之前幫蘇沐繳費跑腿，有時候就順手塞口袋裡了。

「不是你們想的那樣！」

「兒子，有本事啊。」父母都笑咪咪地瞅著他，「別害羞嘛！」

「反正別亂說！」胡北原簡直氣急敗壞了，「更別往外說！」

胡家爸媽笑得合不攏嘴，「行，行！我們不跟外人亂說。我們當然知道。」

「……」胡北原感覺這事簡直要把他弄瘋了，現在不能解釋太多，但又不能不解釋……唯一慶幸的是他爸媽都是心大的人，可以日後找個時間再約來蘇沐好好商談澄清。現在暫且關起門來不對外說，也就算沒事了。

「小胡。」

這一天臨下班的時候，周翰陽突然鄭重其事地叫住了他。

「哎？周先生？」

「今晚有空嗎？」

「啊……」胡北原突然想起他們真的很久沒有單獨聚過了。

大概是因為他過分忙累的關係……其實不僅如此，好像兩人之間也變得疏遠禮貌、過分地客氣，都只剩下止於表面的淺淺的交流。

於是他回答：「有的，今晚我有時間。有什麼事嗎？」

周翰陽說：「今天是我生日。」

「咦？」他記得周翰陽個人資訊上的出生日期，並不是這一天。而且周翰陽的生日，公司上下一定都有所動作，怎麼會這麼靜悄悄的？

「是陰曆生日，這天我都是和家人過的。」

「啊……」

「因為工作，今年我就沒回去。你願意陪我過嗎？」

「……」

「沒關係，我只是問問你的意見。介意的話你可以直接告訴我。」

「哦，我不介意。」胡北原鬼使神差地一口答應了下來：「那，等下一起去吃飯？」

青年露出一個微笑，「嗯。」

在餐廳裡面對面坐下來的時候，周翰陽問道：「你這段時間好像很忙？」

「嗯吶，是啊……」胡北原邊喝水，邊含糊地應道：「家裡比較多事情。」

「家裡的嗎？」

「嗯吶……」

「有什麼需要我幫忙的嗎？」

「哦！」胡北原嗆了一下，「不用、不用。小事，就是比較瑣碎。」

周翰陽看著他，「嗯，有任何需要，都可以跟我說的。我不介意，真的。」

菜送上來了，胡北原邊吃邊點頭，「好的、好的。」

安靜地各自吃了一會兒盤中的主菜，周翰陽突然又說：「你是在害怕嗎？」

「……」

「我是指，我請你考慮的事。」

胡北原一口牛排還含在嘴裡，「……」

「因為你一直沒說好，也沒說不好。」

「……」

「我不介意繼續等。但我只是希望能知道，你是怎麼想的？」

「……」

「如果你是害怕，那麼我會保護你。」

「……」

「如果你不討厭，那你只需要接受，就夠了。其他的事，都可以由我來做。你害怕和擔心的東西，我都可以處理。你可以相信我。」

兩人之間的對視，因為過分的安靜，而顯得有些僵硬，但誰也沒有先移開目光。

驀然，胡北原的手機響了。這突如其來的聲音，在靜謐的空氣裡猶如炸開一般，把胡北原嚇了一跳。他低頭看見上面蘇沐的號碼，連忙接起來，「喂？」

那邊是蘇沐變了腔調的、哽咽難抑的聲音：「我、我摔倒了，出了很多血。」

胡北原差點被嘴裡含著的牛肉噎死，足足有五秒才緩過氣來，「怎麼樣了!?」

蘇沐聲音顫抖著：「不知道，我在掛急診，等著做超音波……我……」而後她就說不出話來了。

「妳等著啊！我現在馬上過來！」

胡北原以一種火燒屁股的姿態掛了電話，見得周翰陽正用一雙清朗的眼睛看著他，「抱歉……真的！我一個朋友出事了，我得趕緊過去。」

「要我幫忙嗎？」

「不用！我先走了啊，回頭聯繫你！」

胡北原出門就叫了計程車，風馳電掣地殺到醫院。

蘇沐正一個人捂著肚子，神色惶然地從超音波室出來。

胡北原忙上去扶著她，「怎麼樣了？還好嗎？」

「我沒什麼……」蘇沐臉色一片蒼白，「就是不知道『它』怎麼樣了……」

胡北原看到她淺色的裙子背後已經被染紅了，可以想像得到她當時的慌張惶恐，忙脫下外套給她繫在腰上遮著。

沒多久，報告一出來，胡北原就趕緊拿了，陪蘇沐去找駐院的醫生。

「有流產的跡象。不過孕囊沒有剝離，子宮內現在也沒有明顯地出血了，但建議妳住院觀察……」

「能不住院嗎？」蘇沐虛弱地詢問醫生。

醫生看了她一眼，點了點頭，「也可以，但要在家臥床靜養一個星期以上。」

「哦……」

醫生又把單子遞給胡北原，「家屬等下去拿藥，找護士打針。」

「……哦。」

既然醫生說沒有大問題，蘇沐慢慢就終於鎮定下來了，臉上也恢復了血色，她歇了半晌，說道：「謝謝你！北原。真的。」

「不用客氣，我又沒做什麼。」他純粹就是跑個腿而已。

蘇沐搖搖頭，「不，我在這時候，能有一個可以打電話的人，這就已經幫了我太多了。」

「……」

她看起來孤單、狼狽、憔悴，和往日眾星捧月的光鮮，全然不像同一個人。胡北原不由想，愛情到底是什麼樣蠱惑人心的東西啊？可以讓人像昏了頭一樣，心甘情願地去走一條最艱難的路。

送蘇沐回家的路上，蘇沐突然問道：「你是不是覺得我很差勁？」

「嗄？」

「就是像現在這樣，未婚先……」

「沒有！」

他真心覺得沒有。他進公司以來，蘇沐的感情生活一直很簡單，也就最近交了這麼個男朋友。真談不上什麼不檢點。成年人交往再正常不過了，誰能沒個犯傻、疏忽的時候啊？

他就是覺得……唉，他真搞不懂愛情是個什麼玩意兒了。它真的是個好的東西嗎？

「晚飯還沒吃吧？這邊有超市，順便買點材料，回頭我做給妳。」

「會不會太麻煩你了？」

「燉個雞湯嘛！又不是什麼難事，而且妳需要營養。」

其實別說是蘇沐，換成任何一個同事、朋友，他都會這麼做的。而他也沒圖什麼，這只是一個普通人再普通不過的善良而已。

在蘇沐的小公寓裡，胡北原熱了鍋熱氣騰騰的枸杞雞湯，再拿去了油、瀝了渣的高湯煮了些細麵。

「我現在胃口差，吃不了什麼……你買這麼多，太浪費了吧……」

「不浪費！我也順便蹭點雞腿什麼的吃吧？再說，『它』也要吃嘛！」

「真的，太謝謝你。」

「哎，客氣什麼。」

蘇沐接過他手裡的碗筷的時候，突然說：「謝謝你，你真是個好人。」

毫無防備地被發了張好人卡，胡北原不由咳了一聲：「這，聽起來有點那什麼啊……」

「哈哈！」

「我對妳沒別的意思啦！但被稱為好人，現在都不是什麼好話吧？好人都是被發卡，壞人才討人喜歡。」

蘇沐莞爾一笑，「你錯了。不是因為好人而不喜歡，也不是因為壞人才喜歡。因果關係其實是反過來的。」

「嗄？」

「是因為太喜歡，才會覺得他壞、覺得他對自己不夠好，希望他再對自己上心一點、再重視一點。然而怎樣都意難平呀。所以就變成邊罵『你這個壞人！』，邊愛得死去活來了。」

胡北原想了想，認同道：「哇，妳還挺有哲理的嘛！」

蘇沐正色道：「愛過的人，都會變成哲學家的。」

胡北原又想了一想，「那是不是說，等我變成哲學家的時候，就表示我在戀愛中了？」

蘇沐笑道：「你倒是一點就透啊。」

作為一個初戀都沒經歷過的單身狗，他覺得這些說法還挺有意思的，於是，他又不由自主地想到了周翰陽，不知道在他離開以後，周翰陽怎麼樣了呢？

一時間，他非常地想打電話給周翰陽，又有點不好意思，只好在聊天軟體上發了個訊息。

對方很快就回覆了。

「怎麼樣了？」

「沒什麼事了，我幫著收拾一下，過會兒就回家。」

「哦……那交通方便嗎？需要車去接嗎？」

「不用、不用。挺方便。」

「那，路上小心。」

「嗯、嗯。」

過了一陣，胡北原又問：**「你現在在哪裡？」**

那頭沉默了一下，回覆：**「我還在店裡。」**

「嗄!?」

他沒想過周翰陽會一直等在那裡。

「等等！我這就去找你！」

匆匆地發了這個訊息，衝出門的時候，胡北原才發現不知道什麼時候，天空下起雨來了。

雨天搭計程車特別困難，胡北原好容易才攔住了一輛，一路緊趕慢趕。然而到的時候，那一帶燈光昏暗，餐廳已經打烊了。青年站在門口的屋簷下，一動不動地，猶如一座雕像。

「對不起、對不起。」胡北原冒著雨跑過去，一連串地道歉，「真的對不起！我還以為你後面就回去了，我不知道……」

青年笑道：「沒事的。」

「哎……等很久了吧？這什麼時候打的烊啊？你在這站多久了？」

「也不太久。」青年望著他，「只是，我覺得，我們好像變得愈來愈遠了。」

「欸……」胡北原遲疑了一下，問道：「有嗎？」

「不知道……」青年笑道：「有時候覺得你非常遠，但有時候你又簡直算得上溫柔。」

「……」

「所以我……真的不知道你在想什麼啊？」

「……」

「為什麼不能直接告訴我呢？不論好壞。有時候我只是需要明白而已。」周翰陽的口氣十分地平靜平和，甚至沒有半分埋怨的意思，但不知為什麼……胡北原覺得他聽起來好像非常地難過。

彷彿被噎住一般，胡北原過了半晌才說：「但我，並沒有在想什麼啊……」

青年看著他，「嗯。」

「……」

「挺晚了，我送你回去吧？」

「謝、謝謝……」胡北原更不自在了，他在周翰陽過生日的時候把人晾在這裡半天，末了人家還得送他回家。

車到樓下，該道別了，但胡北原總覺得身邊的人像是有很多話沒說出口。他不想這樣胡裡胡塗地帶著一肚子的未啟齒來告別，於是他問：「要上去坐一下嗎？」

周翰陽看看他，接受了他的邀請，「好的。」

胡北原帶著周翰陽上樓。

拾

一打開房門，他的父母正坐在沙發上，喜上眉稍地一個在幫著捲毛線、一個拿了兩根棒針在織毛衣，那衣服已經有了個袖子雛形，但非常之小，大概只容得成人幾隻手指的尺寸。

「你們在幹嘛!?」胡北原呆若木雞地看著他父母。

「織小朋友的毛衣啊！」

胡北原立刻覺察到事情不妙了！

他簡直後悔自己問了那問題，連忙想將這話題扼死，「行、行，別鬧了，早點去睡吧！」

周翰陽卻不動聲色地開口了：「織小朋友的毛衣做什麼？」

「我們說不定很快就要抱孫子了。」胡爸開心地宣告。

「孫女也很好。」胡媽一邊說，一邊笑著打量手中漸漸成型的毛衣。

「對、對。不論男女都好！」

胡北原的大腦全然一片空白，他咆哮道：「瞎說什麼啊!?」

胡媽對於他的激烈反應很是意外，「怎麼了？連小周也不能說嗎？」

胡北原整個人都要炸了，「別鬧了好嗎？你們忘了我前頭怎麼說的啊!?」

「行、行——我們不說了，行吧！」胡媽對兒子的態度很是不滿：「幹嘛非得這麼遮遮掩掩瞞著人呢？不就是辦公室戀情嘛！小周又不是外人，不會亂說話的。」

不等他再說話，周翰陽已經一言不發地轉身出門了。

「周翰陽……周翰陽！」

胡北原連忙追了出去。

青年走得非常之快，下了好幾層台階胡北原才終於追上，抓住他的胳膊。

「周翰陽！你……」

青年冷冷地，一點點地將手抽了回來。他的眼睛在樓梯間的燈光裡，有著一種陌生的、低溫的光芒。

「是蘇沐，對吧？」

胡北原一時啞然，過了一陣，才說：「……對，但是……」

「但是什麼？」

「那孩子不是我的。」

「所以呢？」

「我跟她真的沒什麼。」

周翰陽平靜地看著他，「這句話我聽了很多遍了，你能說點不一樣的嗎？」

「……」

「胡北原，你知道嗎？其實跟蘇沐的任何舉動，我什麼都知道。」

「……」

「不管你想不想得到的細節，我全部都知道。」

「……」

「是的，我每一天都在忍耐、都在猜疑，每一個眼神、每一句話、每一個動作。我覺得你就要放棄我了、隨時都要拒絕我、都要離我而去了，但你又沒有。」

「……」

「我想留住你，但又不堂堂正正地說出來，因為感情從來不是求得來的，我只能什麼都不說，然後盡量做好一點、再好一點。」

「……」

「有很多次，我也想過是不是應該識相地放棄，乾脆斬斷念頭就好，一了百了，但你又總能在我想放手的時候回頭來找我。」

「……」

「你知道嗎？這種行為，我們稱之為放風箏。永遠拉在手裡，若即若離，不太近，也不太遠，要飛走了就猛拉一把，然後繼續那麼吊著。」青年咬牙切齒地說：「很高明，是吧？天啊，你怎麼就能這麼高明？」

「……」

「你知道這種感覺嗎？你就這樣沒完沒了地，一遍又一遍地、凌遲一樣地折磨我。」

「……」

他看著他，眼圈發紅。

「為什麼不能給我一個痛快？」

「……」
「是因為你還沒當上主管嗎？」
胡北原只覺得喉嚨噎住般，到這時候，他才終於能勉強地辯駁：「不，不是這樣的……」
「那是哪樣的？」
「……」
「你瞧，你根本說不出來。」
胡北原完全沒有還手之力，他明明並沒有那麼理虧，但此刻，在這人面前，他的辯解好像無論怎樣，都只能是空洞蒼白的。
「這不公平……」他說。
周翰陽哈地笑出聲來，他說：「對，這世界上本來就沒有公平。蘇沐對你不公平，你對我也不公平。」
「……」
「只是我明白得太晚了。」

拾壹

第二天，公告就出來了。

接任崔主管位置的人不是胡北原。

同事們對此很意外，比上一次還意外。

同樣意外的還有莫名就突然升職的老章，一時間裡又是愕然又是狂喜，激動之情簡直要從臉上脫韁而出，但當著胡北原的面又不好過分流露，只能強作鎮定。

「哈哈，這，我也沒想到啊，不知道怎麼回事啊。」

「……」辦公室裡人人都不知所措、面面相覷。按理是該紛紛道喜的，但胡北原在場，好像對老章道這個喜又顯得不合時宜。

在這尷尬裡，胡北原先開口了：「恭喜啊老章，你一直做得很好，這是應得的。」

既然他都說話了，其他人也就解除了禁令一般，稀稀落落地道賀起來：「恭喜、恭喜。」

「記得請吃飯啊！」

「糖也不能少。」

老章喜逐顏開，「好說、好說。」

胡北原的鎮定不是強裝的。對於沒能升職這件事，他早有預料，可心中一片平靜，甚至覺得這樣才好。至少能讓周翰陽解點恨吧……

他這日和周翰陽的第一次見面，是在找理由給周翰陽送文件的時候。放下那份可有可無的資料，正待再醞釀一下他揣摩過千萬次的合適的、周全的開場白，沒想到對方先開口了。

「沒升成職，是不是很失望？」

胡北原愣了一愣，「……沒有。」

「不用裝豁達！你以為這就是結束了嗎？其實才開始而已。我能把你捧得多高，就能讓你摔得多慘。」

「……」他見過青年的冷淡、疏遠、克制，但從未見過這樣毫不掩飾的敵意和囂張。這樣的周翰陽顯得非常陌生，也令他不知所措。

「對了，那塊玉，雖然是傳家寶，但你給蘇沐了，我也就不過問了。就當祝你們百年好合的賀禮吧。」

「……」

「你可以出去了。」

胡北原不僅沒升成職，這天開會的時候，還因為一件不大不小的事，當眾被周翰陽罵得狗血淋頭。在場與會的眾人都鴉雀無聲，各個眼觀鼻、鼻觀心。

公司裡上上下下，從未見周翰陽如此疾言厲色過，而這事根本不算胡北原的錯，即使算，也不值得這樣小題大作。

周翰陽擺明了是在找茬，大家對此都心領神會並且迅速統一了陣線，只不過箭頭不是對著找茬的周翰陽，而是一致對著胡北原了。

周翰陽目前的職位只是經理，看似不高不低，但他是董事長的親兒子啊！換言之，他眼下坐什麼位置根本不重要，誰不知道未來整個集團都是他的，一旦他想存心尋誰的錯處，那個人還混得下去嗎？

現在的親近，意味著將來不可限量的前途。

反之，也是一樣的道理。之前誰都知道胡北原是他的心腹，他對胡北原的賞識和親近是顯而易見的，即使中間有那麼幾次關係略顯僵持，但始終沒能動搖胡北原作為親信的位置。

瞧瞧他對胡北原一貫和藹可親、笑臉相迎就知道了。

這回，雖然大家不知道具體發生了什麼事，但他的怒氣和敵意那麼劍拔弩張，長著眼睛的都明白，胡北原今次不同往日，是真心把他得罪大了。

一時間，公司又風向大變。同事們的態度不由自主地變得微妙，即使不趨利避害，多少也有著明哲保身的味道。

過了兩天，胡北原突然就發現，自己在餐廳吃午餐的時候，周圍的位置都自動空了出來。

他成為了竊竊私語的目標中心。以他這中心往外輻射的一帶，則像是寸草不生一般。

之前蘇沐也有過類似的遭遇，但遠沒他這麼嚴重。剛有分手傳言的時候，少不了那些恨人有、笑人無的閒人在對她冷嘲熱諷，一干群眾也跟著湊熱鬧，將其作為充實茶餘飯後的談資，但人都是健忘的。

八卦的更新換代一貫很快，只要那話題沒有更多的新料被發掘，隨著時間過去大家也就漸漸淡忘了。何況蘇沐始終那麼漂亮淡定，被甩畢竟無損她的美貌，甚至最近益發有種溫潤的光芒。

男人們對她終究是愛意佔了上風的，等閒話的勁頭過去，她依舊是那些人暗暗關注愛慕的對象。

相比之下，胡北原的失勢是實打實的。

誰不知道周翰陽現在瞄準了他開火？靠近不是吃流彈的節奏嘛！

「妳換個地方會不會比較好？」

眼看某人嫋嫋婷婷端著餐盤過來，施施然坐在他對面。胡北原忍不住問道。

蘇沐咬著筷子說道：「拜託！天天都跟你一起吃飯，你讓我換哪兒去啊？」

「現在跟我走得近沒好處……」

「別鬧，我還指著你到時候送我去醫院呢！」

「……」

拾壹

蘇沐問道：「話說，你跟周先生到底怎麼了？」

「沒怎麼啊……」

「你倆不是關係一直挺好的嗎？他今天那樣罵你，不正常吧？」

「哎……有點誤會吧！」

「有誤會不能說開嗎？他那態度也太過了吧！」

「唉，是我沒把事情處理好。」

這事，胡北原也沒法對蘇沐明說。周翰陽對於他的感情，怎麼都是周翰陽個人相當隱私的事，他絕對不會多嘴去告訴任何一個局外人的。

「累嗎？這幾天？」他對著這兩個目前最親近的人，各保守著一個祕密，也真是左右為難得夠嗆。

「還行——等做過年底，我就可以辭職，在家安心養著了。」孕期已經快四個月了，蘇沐原本就十分纖瘦，現在也沒增加多少體重，加上冬日寬大外套的遮蔽，完全看不出來任何身形上的改變。

「得小心點啊！年末工作特別多。能不加班妳別加了。」

「嗯吶，你可真嘮叨。」蘇沐說道：「對了，你知道嗎？我昨晚好像感覺到胎動了。」

胡北原新奇道：「真的、假的!?」

「好像小魚在吐泡泡，又像是蝴蝶在搧動翅膀一樣……」

「會不會只是妳吃得太飽了啊？」

「屁啦！」

「哈哈哈……」

雖然與他無關，但這陪伴和照料著蘇沐的過程裡，他也真切地感受到了等待一個生命的所有喜悅，非常地新鮮又奇妙。即使作為一個不大相干的人，他也真心實意地投入到這期待當中去了。

兩人坐在一起談笑風生，倒自得其樂，至於旁人的眼光，那也管不得了。

只不過這種夾縫裡的自得其樂也沒維持多久，胡北原就又惹上事了。

他自己是個小心謹慎的人，但對下屬並不嚴苛，屬於留有餘地、得饒人處且饒人的上司，因此大家並不懼怕他，這段時間又忙得頭暈眼花，不夠明察秋毫，結果組裡兩個新畢業的大學生，不知是太天真還是怎地，膽大包天地把自家內部資訊給了別家公司的熟人，還收了錢、捅了大漏子。

這情勢非常地微妙。雖然不是胡北原的問題，他甚至都不知情，但那是他手下的人，是他的小組裡出的事，他想撇清，表示自己並沒有參與或者指使，也要上面相信才行。

所以，這事可大可小。往小處去也容易，本來他就不是犯事的人，再加上新人手上沒有什麼值錢的情報，對公司也沒造成什麼實質損失，主要責任由惹事的人來負就行了，頂多讓他再寫份監察不力的檢討書，扣點獎金，也就過去了。

但要往大處去，也是能鬧得很大的。

首先可以當商業間諜來辦，其次他是負責人，要認定他參與其中，把責任歸到他頭上也不是不合理。賠償、解雇，都是可能的，全看上頭對這事怎麼定調，最終責任怎麼定奪了。

往常的話，這種事胡北原估計連檢討都不用寫；但以現在的情況，胡北原知道這鍋他是揹定了。

果然開早會的時候，周翰陽就特意把這事拿出來說了，而且說得很嚴重、很嚴肅、很嚴厲。譴責之重，簡直是字字誅心。

末了，他還冷冰冰地扔下一句，「這事處理不好，就準備好辭職信吧。」

眾人噤若寒蟬。周翰陽講話的時候看都沒看胡北原，但大家都知道這是對誰說的。

散完會，胡北原還是決定追上去了。

「周先生。」

周翰陽並不回頭，他身高腿長、大步流星，後邊跟著一路小跑的胡北原就顯得很狼狽。

「周先生！」胡北原總算追到他身邊，但周翰陽依舊沒有放緩腳步的意思。

「我想和您談一下……」

周翰陽如今不再會是那種冷淡的克制、迴避，而是毫不掩飾地表示他的反感，「我不想和你談。」

「……」

「等你能有點什麼不一樣的說法，再來找我吧！」

胡北原停下腳。周翰陽的話，聽起來像是在說工作上的事，又像意有所指，他能對周翰陽做的解釋，無非是反反覆覆的那一句「我真的不知情」，或者，「我和蘇沐並沒有什麼」。

而這樣老生常談、毫無新意的說辭，周翰陽已經不再理會了。

在他遲疑之間，對方已經毫不留情地走遠，速度始終沒有因他而受半分干擾。

胡北原看著青年那冷若冰霜的背影，突然覺得心口像被扒了一個洞一樣涼颼颼的，而後那種涼意蔓延至全身，逐漸帶來一種無法言述的輕微的酸痛。

這種感覺太陌生了，以至於他不知道如何應對和緩解……

胡北原真正覺得自己這份工作基本上是保不住了。

因為周翰陽恨他啊！那樣毫不掩飾地、赤裸裸地痛恨他，所以，事情只會往最惡化的方向去，根本不會有大事化小的僥倖。

而如果被解雇，他如何負擔目前不輕鬆的房屋貸款呢？新工作不是那麼好找的，即使迅速找到，剛進去的薪資待遇想必也不樂觀，應付不了他這為了壓縮還款年限而設定得很高的還款額。

前不久，同事們還在吹捧他是相親聯誼會上的熱門人選，因為有房、工作穩定、面臨升職加薪，年終下來還能買輛車，結果要傾覆這一切，其實也是輕而易舉啊……只要周翰陽動一動手指而已。

對於失業，他當然有著普通人的擔憂，但除此之外沒有其他過多的想法。他覺得，辭退就辭退吧！倒沒有那天塌下來一般的絕望。

他更頻繁的失眠，是因為周翰陽。

可奇怪的是愈到這時候，他愈會不受控制地想起周翰陽溫和可親的那些時間。從溫柔親近到冷漠嫌惡，那種不可逆行的距離，讓他有種心臟被揪住的感覺。

在這樣壓抑的氣氛裡，迎來了一年一度的盛事——年終尾牙。胡北原的公司在知名的大酒樓裡包下場地以犒勞員工。

這日的工作完成之後，職員們便各自前往。

自從那事件之後，上頭的最終裁決遲遲不出，胡北原就跟掛了閒職一樣，於是他屬於第一批早早抵達酒樓的人。

去得早的固然有大把的位置可以挑，但胡北原當然不會不識趣地硬擠進原本已坐了些人的桌位，而是自覺挑了一張還未有人入座的，靠近角落、遠離主桌的空桌子。

隨後，各部門的同事陸續到了，但就跟約好了一樣，沒有一個人在他的那張桌位就座。

來得早的還好，尚且有充分選擇餘地，避開胡北原的行為也不會顯得太刻意；來得晚的就略微尷尬，去跟他坐一桌自然是不情願的，只能盡量找找看其他桌子有沒有空位可以見縫插針，也顧不上做法明顯了。

時間漸晚，又陸續來了幾個人，其中一個相熟的同事抹著一頭汗衝進來，不幸的是，他手腳比較其他人來得慢，其他桌位似乎都坐滿了。

見他在那左顧右盼，十分尷尬，於是胡北原招呼他：「老張。」

老張哈哈乾笑了兩聲，遲疑而不自在地走過來，終究還是只在椅子上坐了半個屁股。

胡北原問道：「你不至於吧？」

他倆是校友，又是同期進來的，一起受的培訓，有同門之誼，一直交情又還可以，雖然說他理解大家和他保持距離的想法，但也不用做得這麼極端吧？

老張也有些尷尬地苦笑，「北原，我這不是勢利啊！你知道的，人是會散發磁場的，你現在就屬於負能量多的磁場。」

「……」

「別不信這個！你看你本來好好的，跟蘇沐走得近了，就被她的磁場影響，這下坡路走得啊……」

「……」

「你看，這年終了，晚上又是尾牙抽獎，誰不想有個好運？是吧？磁場很重要啊！」

「……」

遠遠地，有人招呼老張。

「我去那邊，有位置了。」老張頓時如獲大赦地起身，「你別介意啊！咳，祝你今晚好手氣……」

胡北原一時無語。不過趨利避害是人性，也沒什麼可稀奇了。

過了一會兒，又有人姍姍來遲。

這回因為大家真的都坐定了，主持人也預備上台了，眾人都安靜地等著尾牙開始，廳裡燈火通明，就她一人從門口慢慢走進，一時間裡廳裡的眼光都紛紛落在她身上，而後她就在各種各樣的注視裡，不慌不忙、毫無猶豫地走向胡北原的桌位，坐在他身邊。

一時間裡氣氛有些尷尬地凝滯。

「還真是高調啊……」雖然是意料之中，胡北原還是有點哭笑不得。

他猜得到那些男同事心中在想什麼。人心就是這麼奇妙又微妙的，之前他們對蘇沐的冷嘲熱諷，一點也不妨礙他們此刻對他的妒恨。

對於得不到的東西，愛恨交織是多麼常見的情緒啊。

蘇沐無奈地聳了聳肩道：「我也不想這麼晚來啊！剛快收工的時候電腦當機了，害我只能重做一遍。」

「大不了改天再做，別把自己逼得太緊。」

蘇沐領完年終，也就要遞交辭呈了，胡北原不想這最後的時間裡再出什麼亂子。

除去入場前的這點小插曲，接下來胡北原這頓尾牙倒也算吃得順順利利，尤其每桌的菜色和分量是統一以及固定的，而他們這一桌只有兩個人，簡直是想吃什麼就吃什麼，毫無競爭對手，可以舒舒服服地大快朵頤。

胡北原把上桌的龍蝦和鮑魚吃了個飽，十分心滿意足。席間穿插著各種節目，抽獎、小遊戲，全不抱希望的胡北原這晚不知走了什麼運，居然也被抽中了一個現金大獎。

上台去領取那眾人矚目的紅包的時候，他特意看了一眼台下緊挨著的主桌的位置。周翰陽正和身邊的人聊著天，眼光若有若無地掃著台上的熱鬧，從他身上掃過的時候，沒有半分的停滯，一點都不在意。

胡北原一下子覺得，這紅包也沒帶來什麼高興的感覺了。

尾牙的最高潮，自然是最後的一等大獎被抽出來的時刻。

當主持人唸出了蘇沐的名字，一時間裡譁然。他們這兩個倒楣鬼明明坐在靠廁所的一桌，卻拿走了這麼大的兩個獎，真是誰也料不到。

「……這他媽的孕婦的運勢實在是擋也擋不住！仗著肚子裡有個幫手啊簡直是！」胡北原心想。

蘇沐領了獎，面帶笑容地回到位子上，略帶得意地瞧著胡北原。胡北原知道她心裡想的跟他是一回事，兩人一言不發，以一種唯有彼此明瞭的眼神相視而笑。

這笑容看在別人眼裡，就未免有些刺眼了。

以胡北原現在的狀況，難免會遇著牆倒眾人推，職場上也從不缺落井下石的人，比如王浩就是。他們原本關係就一般，加上他現在和蘇沐走得近是任何人都看得見的事實，王浩那心頭滋味更不用說了。

王浩一手拿了個杯子，一手帶上酒瓶，往胡北原那桌前一站。到這個時間點，大家也喝得差不多了，都散漫起來，自由地敬酒或談笑，胡北原跟蘇沐也不例外。

王浩不待那因為環境太過嘈雜，而正把頭湊在一起交談的兩人反應過來，就說：「蘇沐，我敬妳一杯。」

兩人都愣了一愣，蘇沐畢竟是女神的風範，迅速便面帶微笑道：「謝謝，不過我不喝酒，就用果汁代替吧？」

「不行。」

兩人又是一愣，王浩已經將她手中裝了果汁的杯子劈手奪走了。

「妳又不是不會喝酒，這麼敷衍我就沒意思了。」

蘇沐還是微笑說道：「我是能喝一點，但酒量一般，今天不太舒服，果汁不是一樣嗎？」

「妳說這話就是瞧不起我了是吧！」

胡北原聞得到王浩嘴裡的酒氣，知道他幾分酒勁上頭，有點要借酒意鬧事的意思，便說：

「這酒我幫蘇沐喝了吧，行不行？」

王浩一手擋開他，「關你什麼事啊!?你算老幾啊!?」

「……」這下蘇沐也把微笑收起來了，「王浩，你說話注意點。」

胡北原怕鬧起來，忙說：「沒事、沒事。」

王浩倒是不依不饒了，「我得注意什麼？敬妳酒是抬舉妳，妳端什麼架子！充什麼女神啊！」

「王浩你喝多了吧？」胡北原忍不住也發火了。

「我跟蘇沐說話，你插什麼嘴啊！閃邊吧你！」

蘇沐沉下臉，「你好好跟北原說話。」

王浩趁著點酒勁，伸手要去摟蘇沐肩膀，「啊喲——都護上了啊？高富帥也行、魯蛇也行，妳原來是挺不挑的嘛！那妳看我行嗎？」

胡北原忙攔住他的手，側身擋在蘇沐面前，「王浩，你這樣就太過分了，再發酒瘋我跟你不客氣了。」

王浩順勢狠狠一推！

胡北原沒防備，一個踉蹌撞上桌子，引得桌上的杯盞發出不甚和諧的聲響。

王浩噴著酒氣嗤笑起來，「瞧瞧——自身難保了，還充英雄？」

原本因為他們這桌在角落，又沒有其他人，一開始的僵持並沒有人留意，但隨著王浩嗓門逐漸拉大，不少人的視線紛紛投過來了。

胡北原有些尷尬，尤其是為了蘇沐這女孩子的面子。偏偏王浩還在大聲嚷嚷：「誰不知道你一門心思填這個缺，那也要看現在你填不填得了了。」

「你說話放尊重點！」胡北原臉色整個沉了下來，已經做好了要打上一架的準備。

「哎喲！我好怕啊！馬上就要捲鋪蓋滾了，還耍什麼威風!?你當你還是那根蔥啊!?幹嘛想打我啊!?」

「你以為我不敢？」胡北原明顯地把拳頭捏起來。

突然，有個聲音說：「這事輪得到你說話嗎？」

「……」胡北原一轉頭，看到青年毫無表情的臉，不由心頭一緊！一時間，他不確定那話是對誰說的，有些怔忪和緊繃。

周翰陽並沒有看他一眼，而只看著王浩，「你算是個什麼東西！你能比我還先知道上面的處理決定？」

「……」

「誰給你的膽子在這兒胡說八道的？」

一時間裡沒有人敢喘大氣，包括方才還氣焰囂張的王浩。

王浩小聲說道：「是我喝多了……」

「這裡能是你發酒瘋的地方？」

「……」

「現在酒醒了嗎？要不要我幫你？」

周翰陽這麼一說，讓人頓時通身冰寒，王浩立刻說：「對不起！周先生。」

「這話不該對我說。」

王浩只得轉身向著胡北原和蘇沐兩人，「對不起。」

周翰陽這麼一鎮，都沒人敢看熱鬧了。恰好晚宴也近尾聲，最後的熱鬧結束，大家便紛紛散去，趕緊離開這是非之地了。

胡北原還沒完全緩過神來。

他知道周翰陽是個公正的人，但剛才那麼明確的立場，還是令他意外了。

那人好像……還是維護他的。

這想法讓他一下子有了種微妙的，心跳加速臉頰發熱的、超乎於喜悅的感覺。

從酒樓出來，送蘇沐上了計程車，胡北原回頭的時候，發現不遠處有個人影——雖然夜色中不甚清楚，他也一下子認出那是周翰陽。

他不由自主地就朝青年的位置走去。

在走近的時候，青年也覺察到有人，轉頭看了他一眼——這無任何感情的一眼，卻還是讓他幾乎結巴了。

「周……周先生，你還不回家嗎？」

周翰陽早已可以回去的，卻還在這裡刻意等著什麼似的……也許是在等他？有這可能嗎？

青年又看了他一眼，「在等人。」

胡北原只覺得一顆心都要從嘴裡跳出來了。

卻聽見青年淡淡地補上了句：「我喝了酒，不能開車，在等代駕。」

四周安靜下來，大概是外套太薄的緣故，胡北原覺得心口被這隆冬深夜的街風吹著，有種難以忍受的涼意，一時間裡也不知道說什麼好……

過了一會兒，他終於再開口：「我和蘇沐真的沒有什麼。」

周翰陽似笑非笑地看著他，「你覺得這句話真的有意義嗎？」

胡北原這回沒有因為這話而止步，逕自又說道：「我只是照顧她，從一個朋友的角度，沒有任何其他的想法……」

周翰陽輕輕揮了揮手，趕走蒼蠅一般的動作，「你不用和我說這些。」

「……」

「我看你是想多了吧。」

「……」

「剛才我給王浩難看，是因為他當眾惹事實在招人嫌，你不用過度解讀。」

「……」

「你不會以為我那樣做，是對你有什麼特別的用意吧？」

「……」

周翰陽哈哈笑了兩聲，聲音裡的嘲諷之意令胡北原滿臉通紅。

「天吶！你是不是以為，因為我喜歡過你，所以我就會無休無止地犯傻？」

胡北原難堪地說道：「……我沒有。」

「沒有就好。」周翰陽微笑道：「不然我會很困擾。」

「周翰陽……」話都說到這份上了，胡北原驚訝於自己居然還有勇氣，或者說，還有臉皮，來繼續這對話。

突然直呼其名，而不是稱之為周先生，似乎令青年有些不舒服。

他不悅地皺起眉，「怎麼？」

「要怎麼樣，我們才能回到以前那種關係呢？」

周翰陽笑道：「嗄？哪一種關係？」

「……」

「難道是，你想要什麼，我都會給你的那種？」

胡北原艱難地說道：「不是那樣的……」

周翰陽略微譏諷地一笑，「哦？那是什麼？」

青年始終帶著的那種輕蔑的笑容，漸漸地，令他心中那點好不容易燃起的火焰，也無可奈何地瀕臨熄滅。

胡北原只覺得千言萬語，都噎在嗓子裡。

過了半晌，他才能勉強再發出聲音：「我只是……最近，很想你。」

周翰陽安靜了很久，久得以至於他幾乎以為對話就到此為止了，才突然說：「你是我見過說謊最高明、最面不改色的人。」

「……」

「奇怪，你不是沒談過戀愛嗎？你怎麼會這麼高明？」

「……」

「是薛維哲教你的嗎？」

「……」胡北原無法向他解釋。因為對方已經不再信任他了。對一個充滿懷疑的人而言，什麼說辭都是虛假的。

周翰陽轉過頭去，不再看他，「你是個很差勁的男人，胡北原。」

「……嗯。」

「我希望我從來也沒有認識過你。」

「……」

「我這輩子都不想再見到你。」

胡北原回到家的時候，才發覺自己的手腳都已經冰冷，幾乎是僵住的，失去知覺的那種冷。

他想，大概是因為在風裡站得太久了，然後，他又想起周翰陽那惡狠狠的說辭。話都說到這地步，不知道後面會怎樣發展，應該是立刻辭退他？或者逼他自己辭職，連遣散費也沒有？無所謂了，這些他其實都不在意了。他腦子裡揮之不去的，是周翰陽那種厭恨到極致的表情，還有說那句話時候的腔調。

是的，被人否定，當然滋味是不好的。

但他遠比自己想像的要來得難受。他簡直都不知道怎麼會、怎麼能這麼難受？

週末過後，週一再去上班的時候，胡北原察覺到了異樣。

上班時間過去一個多小時了，那間辦公室依舊是空的。

他沒有看到周翰陽。

難道是生病了？

正揣測著，突然聽到有人叫他：「胡北原，何總讓你去一趟。」

「嗄!?」胡北原不由得有點忐忑，不知何總找他是有什麼事。

辭退他的話，並不需要何總出面啊……算了，就算辭退，好歹、好歹是在年終獎金發下來之後才處理，再加上他昨晚還抽了個獎金紅包，也算是萬幸了。

「坐吧！」見到他的時候，何總的態度倒是算得上溫和。

胡北原不太自在地，滿腹疑慮地在他對面坐下了。

「翰陽調職去東京了。」

胡北原猝不及防地，只覺得耳邊響了個驚雷，震得他耳膜都嗡嗡作響，一時之間只能目瞪口呆地，望著說話的人。

「他推薦你來接任經理的職位。」

「……」

「這事是比較突然，但他對你評價很高，相信你能勝任。」

「……」胡北原耳朵益發嗡嗡地作響，以至於後面的話都變得模糊不清，也不重要了。

他的怒意是真的；他是真心實意地恨著自己，但他終究……沒有真正地報復自己。

胡北原茫然地望著窗外，而那裡什麼都沒有，只有陰天之下一片接近空白的蕭瑟。

這回所有人都只猜到開頭，而沒猜到結局。

胡北原突然力挽狂瀾、絕地逢生，不僅嗖地一下升職，還把周翰陽給逼走了！這反轉的劇情讓同事們再次人仰馬翻了好一陣子，大家紛紛表示看不懂走勢了。

難道……他才是董事長的親兒子？

胡北原在一片尷尬又熱烈的恭喜聲中，再次成了人生贏家。

他感覺有點可笑，又有點茫然。在眾人看來，他這是真的要升職加薪、迎娶白富美（蘇沐）、走上人生巔峰的節奏了。當然，他知道根本就不是這麼一回事。

但不管怎麼說，這事情的最終結果都是，他和心中女神蘇沐成了好朋友，還如願以償地坐上了經理的位置，連曾經令他倍覺礙眼的不速之客周翰陽，也消失了。

這簡直就像是將時針倒撥回到周翰陽未曾出現的時刻，然後慷慨地給他一個完美安排，讓他得到一開始就想要的東西、過上他最初嚮往過的生活。

聽起來多麼美好。

……他是最後的勝利者嗎？

他自己也不知道。對於現狀，胡北原都不知道該怎麼說，也不知道該怎麼想。

他陷在一種奇怪的情緒裡，高興是高興不起來，但悲傷吧……又好像根本沒理由。

好在，更高的職位意味著更多的責任和工作。

再加上蘇沐生產的月份愈來愈近，很多事情無法一個人完成，需要他陪同的時間、幫忙準備的東西，也都愈來愈多，接下來的日子，胡北原非常地忙碌。

沒有空隙容納任何其他的東西，包括胡思亂想。

夏日將臨的時候，蘇沐生下了一個粉粉嫩嫩的小閨女，從此開了新世界的大門，讓胡北原徹底過上了兵荒馬亂的生活。

胡北原每天下了班就去月子中心報到，迅速熟練、掌握了沖奶粉和換尿片之類的基本技能，並獲得了坐著三秒不動就能立刻入睡的新天賦，很快地，還將要掌握更多的進階技能。

這種生活實在太忙碌了、太充實了，每天腳不沾地，頭一沾枕頭就能睡。

而周翰陽在他的生活裡，就這樣完完全全地消失了……全無影蹤，就像是從沒出現過一樣。

拾貳

兩年多過去了。

胡北原的日子，應該說是過得挺好的。妹妹大學畢業了，開始工作了，他負擔小了，薪水又比以前多了，還房貸輕鬆了，還買了輛車。生活像是朝著他理想的方向，慢慢進步。

這天週末。

胡北原驅車陪蘇沐和蘇可萌去海灘遊玩。一個女人帶小朋友出門諸多不便，胡北原身為好友，樂意隨時幫把手。反正他閒著也是閒著。

海邊正是碧空萬里、天高雲淡，海灘上萬頭攢動，滿滿地都是繽紛的沙灘傘。

胡北原也找了個地方支好傘。蘇可萌兩歲了，很是可愛，肉嘟嘟地穿著小裙子，紮著稀疏的辮子，繫著蝴蝶結，黏著胡北原，軟綿綿的小手抓著他的手掌，要他一起陪她玩沙子。

堆完沙子城堡，胡北原拿水管給蘇可萌沖洗手上的沙子，蘇沐幫他倆倒上儲在冰桶裡的飲料，其樂融融地，儼然一副三口之家的樣子。

有對父母帶著差不多同齡的兒子經過，對胡北原笑著說道：「你女兒真可愛。」

「……」胡北原無語。

蘇沐問他：「說真的，這樣會不會耽誤你找女朋友啊？」

胡北原搖搖頭，「沒那回事！我沒想找女朋友。」

「怎麼可能啊！」

「真的。」他一點這方面的念頭都沒有。

蘇沐嘆息：「要不是我們實在太熟，我簡直要誤以為你在暗戀我了。」

「哈哈——」

「你也真是的，多考慮點自己的事吧！難道一個喜歡的都沒遇上過嗎？」

「……沒吧。」

「你到底喜歡什麼樣的啊？」

胡北原正要回答，忽然怔了一下——人群裡有個高高大大的青年，正背對著他。

一瞬間他有種錯覺，他好像看到了周翰陽。

他猛然站起身來，心跳加速。然而那人和別人打著招呼，已經走遠了。

「……」也對，周翰陽怎麼會在這裡呢!?

那不過是他的錯覺，僅僅背影相似而已。

心情上如此地大起大落，讓他一時有些緩不過來，怔忪之間，又略微不是滋味。

天色像是略微陰暗了，胡北原收拾著蘇可萌玩過的小桶和鏟子。

蘇沐突然問他：「對了，周先生後來有和你聯繫嗎？」

「……沒有。」

蘇沐很訝異，「一點消息都沒有嗎？」

「嗯。」

「你們兩個到底鬧了什麼深仇大恨啊？」

「……」

「我知道你們兩個後來是有點不和，但他這也太決絕了吧！至於嗎？」

胡北原過了半晌，才說：「哎……這我也不知道。」

他的確不理解周翰陽為何那麼絕情？絲毫不留餘地……但可能，那其實也並不奇怪，有些東西是說來就來的，不給你準備、不讓你想通、不予你選擇，而同樣的，也是說走就走的，而且不會再回來。

晚上回到家，胡北原一進門，冷不防就見得父母正襟危坐、嚴陣以待。

「……怎麼了？」胡北原問道。

「剛才羅姊打電話來了。羅姊家的女兒……你是不是又不跟人家聯繫了？」

「……是的。」

「為什麼不繼續聯繫？」

胡北原淡定地說道：「這不是……不合適嘛！」

「才吃過一次飯，怎麼就知道不合適啊？」

「我……」

「人家羅姊挺看好你的，女孩子長得又漂亮，我跟你爸還指望你倆能長期發展呢！怎麼說不聯繫就不聯繫了？」

沒錯，雖然談不上闊綽，但胡北原在T城這種寸土寸金的地方有套不錯的公寓、有份穩定體面的職業，收入尚可、生活穩妥、工作勤勉、口碑良好、品行端正、模樣端整。簡直就是未婚圈裡，單身男性中的業界良心。

於是，他成了傳說中的「經濟適用男」，開始接收到源源不斷的相親安排。

出於禮貌，他都會去見見面，請對方好好地吃頓飯算是有個交代，但下文肯定是沒有的。

時間一長，老爸、老媽看來是終於不打算繼續坐視他的敷衍了。

「好吧！不聯繫也行，你給我們一個說法吧！到底打算什麼時候交女朋友啊？」

「這……這哪能定得了時間的啊!?」

「那有中意的女孩子嗎？好歹帶回來給我們瞧瞧吧？」

「……」

「實在沒中意的，相親的你又看不上，那你給我們列點條件啊！我們也能參照著給你介紹，對吧？」

胡北原無奈地解釋：「不是看不看得上的問題，我也沒什麼條件，我就是現在不想交女朋友……」

　　這回的搪塞過後，父母不像往日一樣偃旗息鼓，而是對視一眼，彷彿是默契地明白了什麼一般。

「阿原，老實說，你是不是……放不下蘇沐啊？」

胡北原頓時無語了。

「蘇沐也挺好的，我看你們處得就跟一家人似的。」

「……」

「喜歡就娶進門唄！什麼年代了，有個孩子而已……多大事啊？」

「……」為防被拉郎配，胡北原只能說：「別瞎想了！我跟蘇沐只是朋友，她有一直喜歡也放不下的人，對我沒其他意思的。」

而後，他立刻得到了來自老媽的同情而瞭然的眼光，「原來是她放不下別人，你也放不下她啊……」

「怪不得介紹誰給你都不要。」

「心裡有了人，的確是……唉……」胡爸搖頭嘆息：「你說我怎麼就生了你這麼個死心眼的小子啊！好歹你爹我當年也是風流過……啊！沒什麼！你這癡情的性格果然是隨我啊！」

「……」

「唉，既然放不下，那也不勉強，等就過段時間再看看吧！」

「……」胡北原索性不解釋了。反正他找不到更好的理由來推辭各種相親安排，他們要這樣誤會也行，省得他特意想藉口。

次日，胡北原去上班。早起出門的時候，天氣非常平靜溫和，等到了公司，突然就起了大風。

在早晨的會議上，何總突然通知他們：「翰陽要回來了。」

胡北原差點把手邊的杯子給碰掉了！

「董事會通過了他擔任副總裁的提名。下週一開始正式聘任。」

底下開始了輕微的騷動，但也只是輕微而已，而後迅速就恢復了平靜。

因為這事本身很合理，董事長年紀大了，周翰陽畢竟是親兒子，國內才是總公司，下基層歷練完了、分公司也外派過了，回來接任是遲早的、理所當然的事，並不值得驚奇。

所以大家對此連半點疑問都沒有。

何總開始提醒和安排接下來需要準備和注意的事項，同事們一如往常地開著會，都沒什麼多餘的反應。只有胡北原一個人大腦空白、心如擂鼓。

他之前沒想過這個發展，他莫名地認為周翰陽離開了就是永遠了，覺得人家走了就不會再回頭，然後永不再見，哪知道冷不防地，周翰陽就這麼輕描淡寫地回歸了。

和他的離開一樣，突如其來、毫無預兆、令人措手不及。

胡北原在忐忑難安裡度過了一週。

每天，他都會留意自己的手機，然而，並沒有任何他想要的動靜。當然了，理智上來說，他知道周翰陽不可能聯絡他，但就是管不住會有那種不切實際的幻想。

這感覺有點煎熬，就猶如恢復平靜的水面，再度被丟了塊石頭一樣，石頭無聲無息也無意，只有水波自己在那兒毫無意義地澎湃不已。

這天，是周翰陽正式走馬上任的日子。

胡北原起了個大早，對著鏡子把自己的臉了又洗、刮了又刮，幾件襯衫翻來覆去地選，十分地緊張鄭重，好像主角是他，或者跟他有半點關係似的。

天氣挺好、路上也沒塞車，車位更是難得地好找，於是他早早就到了公司，一切都十分順利。唯獨等啊等地，感覺時間過去了很久，左右也不見周翰陽出現。

胡北原簡直有些浮躁了，看看手錶，其實才剛到上班時間而已，他都要懷疑自己的錶是不是壞了？

就這樣心神不寧地在位置上做事，坐立不安了不知多久，他隱約聽見有人在說「周先生……」，胡北原忙抬起頭，四處張望，但並未見到周翰陽。原來，只是有人在談論而已。

胡北原問那人：「周先生呢？」

「嗄？你找他？他在副總裁辦公室啊！」

拾貳

胡北原定了定神，冷靜了一下，總算想清楚了。

周翰陽回來公司，和他們碰面，這之間並沒有直接關係啊！

頂端管理層的事，離他們這些人太遙遠。他固然升職了，跟現在的周翰陽也談不上能有多少互動機會……甚至周翰陽跟他壓根就不在一個樓層。

他怎麼就盲目地指望著今天一來就能碰上周翰陽呢？他還當如今是從前呢？

好在，晚上有個歡迎周翰陽的飯局，胡北原也算個中高層，有份參加。

他半是興奮，半是略微糾結，一天忙碌的工作下來他已經顯出疲態，出了汗、頭髮亂了，襯衫也沒出門時那麼筆挺了，雖然男人不需要拘泥小節，但他難免覺得自己形象有點狼狽。

畢竟時隔兩、三年第一次再見周翰陽，他盡量想有個好一點的開場。

胡北原又提前到了酒店，早早入座。這回他試圖讓自己的心思鎮定一點，少些胡思亂想，盡量心平氣和地先喝著桌上的冰水。

喝完一杯透心涼的冰水，一抬頭——猝不及防地，他就見得門口進來一個高大的男人。

胡北原一瞬間又大腦空白了。

他終於……就這樣……見到周翰陽了。青年看起來什麼都沒變，還是那樣清秀俊朗、白膚黑眼，只是多了一副眼鏡。但又好像什麼都變了，更挺拔、更成熟、更穩重、更穩重、更……

他也說不上來。

反正，是一個嶄新的、熟悉又陌生的周翰陽。

胡北原只覺得一顆心在胸腔裡怦怦地跳動，失控的、茫然的、盲目的……他遠遠地望著青年，除了視線之外全身都像僵硬了，四肢和大腦都失去運轉的能力。

青年徐步過來，笑著和大家打招呼，十分大氣又隨和。

等到走到胡北原近前時，他看著胡北原，從薄薄的鏡片後面與他四目相對。胡北原瞬間連呼吸也停止了，腦中白茫茫的，什麼也沒有。

在那短暫的，幾乎令他心跳驟停的對視裡，周翰陽露出了一抹淡淡的微笑，「胡經理，聽說你工作做得不錯。」

「……」胡北原意外了一刻，緩過神來，「謝謝周先生……」

他猜想過周翰陽可能會冷漠、可能會憤恨、可能會避而遠之、可能會疾言厲色，但沒想到會是這樣的淡然。

打過招呼，交流結束，周翰陽點點頭便走開，繼續去應酬其他人了。

胡北原不由自主地，眼光還是跟著周翰陽在走。

他們沒被安排在同一張桌上，他只能從其他人的間隙裡，看著在另一張酒桌上和人談笑風生的周翰陽。

周翰陽看起來心情頗好。他那種不經意的、淺淺的笑容，在眼鏡後面顯得斯文又抽離。

而後胡北原見他點了一根菸。之前他沒見過周翰陽抽菸的，那種姿勢、淡淡地邪性，令他在那熱鬧之中，又好像隔離於所有人之外。

胡北原邊看邊吃，都不知道自己這一頓究竟吃了些什麼……不小心還夾了些蒜頭、生薑什麼的。

正呸呸地吐出嘴裡辛辣的殘渣，他突然看見周翰陽起身離席，像是往洗手間的方向走去。

胡北原立刻也鬼使神差地站起來，跟著去了洗手間。

洗手間裡，恰好只有他們兩人。

周翰陽知道他進來，倒也沒什麼反應，看都未看他一眼。

……兩個男人在解決個人問題的時候要刻意交談，的確有點尷尬，是以安靜反而顯得很正常。

胡北原見他在洗手池的感應水龍頭下沖手，一邊覺得自己在廁所尾隨別人的行徑十分變態，一邊還是忍不住過去，邊在一旁洗手邊搭訕：「周先生。」

「嗯？」周翰陽低頭，十分仔細地清洗自己的雙手。

胡北原知道洗個手的時間是很短暫的，於是長話短說，單刀直入地問道：「你還……討厭我嗎？」

周翰陽也被他的直接弄得一愣，而後搖頭，「哦，也沒有。」

胡北原遲疑著，「……是嗎？」

「那都多久以前的事了。」周翰陽淺淺一笑，臉上的眼鏡令他顯得溫和又疏遠，「不必介意啊！」

「哦，也是啊……」胡北原訥訥地點頭，這算是……大人不記小人過？

周翰陽用邊上托盤裡的毛巾擦了擦手，微點了下頭，「先走了。」

「哦……」胡北原看著他的背影消失在門口，發了一會兒呆。

周翰陽果真已經放下了。離開之前，他對自己就只剩下恨意，而後這兩年裡他又完美地消化了那些恨意。

周翰陽已經大步走遠了。正如他走上副總裁的高位一樣，去到一個非常遙遠的位置，只有他自己還停留在一個奇怪的地方。

胡北原定定神，回到位子上，繼續吃喝。過了一陣，大家紛紛去找周翰陽敬酒，周翰陽倒也隨和，來者不拒，還主動一桌桌過來問候。

到他們這一桌，照例是走過場的寒暄和碰杯，胡北原跟著同事一起，把杯子混在裡面湊上去胡亂碰撞了，周翰陽微笑著跟大家說著謝謝。

末了，他突然說：「哦，對了，北原。」

胡北原被點了名，出乎意料、受寵若驚，忙應道：「周先生，什麼事？」

「我有個朋友回來幫我做事。暫時剛好安排在你手下，你先多帶帶他。」

胡北原頓時有種被委以重任的熱血感，連連說道：「哦！好的、好的……」

對於他沸騰的回應，周翰陽只是輕輕笑了一笑，便離開了。

胡北原很快就見到了周翰陽所說的那個朋友了。對方是個頗帥氣的大男孩，個子也挺高，檔案上寫著他叫夏崇明，二十出頭，畢業沒多久，感覺頗年輕氣盛。

雖然他一走進來，就一副眼高於頂的樣子，但因為是周翰陽的朋友，胡北原就格外地客氣，打算有個親近的開場，

「你好，你就是夏崇明吧？」

「資料上不是寫著嗎？」

「……你先坐吧。」

在他看資料的時候，夏崇明就那麼大剌剌地靠在椅子裡坐著，對他上上下下打量，相當肆無忌憚，眼神裡還帶著點外露的批判意思。胡北原感覺得出夏崇明對他的敵意，卻有點莫名。他們兩人是第一次見面，這敵視從何而起啊？

例行性、簡單交代了一些事後，他說：「就先這樣吧！你有什麼不懂的，就來問我。」

夏崇明反問：「你很懂嗎？」

「……」大概因為這小夥子是名校畢業的吧！又十分時髦，這一身名牌行頭，目測就是個富二代，對他們這種給人刻板老套印象的所謂上司，就有種初生牛犢的優越感。

他虛長幾歲，就不和小孩子計較了。

周翰陽就這麼回來了。

然而胡北原的心情一直不是很好……或者說，情緒不高。

他都說不上來這「回來」，於他而言是好事還是壞事？是該高興還是該悲傷？原先分別的時間裡，他是惆悵，而現在見著面了，那感覺居然能比惆悵更壞。

種種跡象都表明周翰陽已經跟他沒什麼關係了，而他自己卻無法釋懷。其實仔細想想，周翰陽對他頗客氣，完全沒因為有舊怨而對他有絲毫為難，算得上公平公正，現在的確是最好的一種狀況。

他還有什麼好糾結的呢？胡北原簡直不能理解自己白天的心神不寧，和夜晚的輾轉難眠。

他知道自己過分在意周翰陽的反應了，但問題是，周翰陽對他哪來的反應啊!?他連人家面都難見到呢！辦公室都不在一個樓層了！

這天，胡北原點開LINE的時候，看到有提示，定睛一看，他發現公司的LINE群組，有人把周翰陽加進來了。

「恩人吶！」胡北原簡直要立刻對建立這個群組的人感恩戴德、頂禮膜拜。

所謂公司的LINE群組並不是全公司的集合（那麼多人哪加得完啊），裡頭人並不特別多，是幾個親近的同事把相熟的陸續加進來，方便大家交流，發發通知什麼的也即時。

平日，就大夥兒沒頭沒腦地瞎聊。

周翰陽雖然有上級的身分光環，但個性是很隨和的，畢竟又年輕，跟大家一直相處得挺好，他進群，一點也不顯突兀，更不彆扭，而且很快就跟眾人打成一片了。

胡北原於是多了件事做了。每天他一閒下來，第一件事就是趕緊察看周翰陽有沒有在群組裡說話？

偏偏大家水灌得太多，每次動輒幾百條資訊，他還得一條條往上翻著找，邊翻邊罵，在那一大堆廢話裡海底撈針，累得半死。

有天晚上，他看見周翰陽在群組裡問：**「來打風暴的有嗎？打兩局就去睡了。」**

胡北原立刻密同事：**「風暴是什麼？」**

「新出的遊戲啊！要玩嗎？咱們一隊最多可以組五個人。」

「哦……」他倒不記得周翰陽還有這愛好。這兩、三年裡，周翰陽好像有了很多別的興趣和習慣，都是不為他所知的。

胡北原偷偷去下載了那遊戲，註冊了個帳號，然而一上線，他就傻眼了！什麼也看不懂……沒辦法玩！誰叫他是「十年寒窗苦讀，不聞窗外事」的典型啊！上一個他玩過的遊戲，還是俄羅斯方塊呢！

胡北原摸索著把新手教學玩了一遍，挑了個比較霸氣的試玩英雄，然後，自己去打對戰。

他倒是挺認真的，無奈壓根沒有玩遊戲的天賦，排到的路人隊友，脾氣好點的就問「那個××，你他媽到底會不會玩啊!?」；遇到脾氣不好的，他就只能看到螢幕上刷出來一串串的亂碼，那都是被系統的語言文明篩檢程式所屏蔽的髒話。

胡北原自己偷偷玩了幾天，潛心埋頭苦練，雖然還是被人罵得狗血淋頭，但自我感覺好像還行了。

於是，有天晚上周翰陽又在問「有人一起打風暴嗎？」的時候，他就突然跳出來說：**「我也玩，求組。」**

他平時都不在群裡說話，大概周翰陽也沒料到他在，冷不防地被他這麼衝出來，一時就沒了回應。胡北原有種自己在伺機狩獵的感覺，但不知道獵物到底撲中沒撲中，於是又問：**「要一起打嗎？」**

周翰陽過了一刻，才回覆：**「等他們吧！我一個人帶不了你。」**

「哦……好。」

幸運的是，很快那幾個常玩的同事都出現了，於是組了個圓滿的五人隊伍。為了方便配合，大家還開了語音軟體，邊聊邊玩。

等著系統搜索對戰的時間裡，幾個同事在語音軟體裡瞎扯，有一搭沒一搭地吹牛，就胡北原跟周翰陽沒出聲，過了一會兒，同事小諾問道：「哎，周總你今晚怎麼不說話啊？ＭＩＣ壞了？」

於是，胡北原聽見耳機裡傳來一個清晰的男聲：「沒啊！」

胡北原整個人都為之一震——很奇怪，他聽周翰陽說過無數的話，早已十分熟悉了，但撇開真人影像，單獨把聲音剝離出來，竟有種奇特的陌生。

那是非常年輕的聲音，略微上揚的調子，有點不羈、不耐。胡北原不知怎麼的想到他現在戴著眼鏡的樣子，兩者搭配在一起，有種微妙的……

「五、四、三……」

突如其來的遊戲倒數計時音效讓他從走神裡把魂撿回來了，系統提示他們排進了對戰。

一進入遊戲地圖，胡北原就騎上他的新手魯蛇專用的小破馬，亦步亦趨地跟在周翰陽後面。

周翰陽說：「你別跟著我。」

「……」

「我的職業可以自己帶一路，你是輔助，得跟著他們去打，團戰知道嗎？」

胡北原挺悵然若失地應了聲：「哦，知道……」

「那就快去啊！慢吞吞地幹嘛？」

「哦，好的……」

正劈里啪啦地混戰著，胡北原聽見周翰陽突然說道：「我湊夠金幣，先去交了，你們拖住就行。」

胡北原連忙發聲：「哎，你一個人會不會危險？我要不要保護你去啊？」

「不用，你別來。」

「……」接二連三地被拒絕的感覺真是……

小諾說道：「北原你別擔心，周總不會死的，一對一沒人打得過他。」

「哦……」

小諾又道：「話說那什麼……你真不打算給我加一口血嗎？就這麼看著我死真的好嗎？嗄？」

「……」

心不在焉地胡亂又打了半天，胡北原終於聽見周翰陽叫他的名字：「北原，你跟我來，打傭兵。」

「哦、哦——好！」

被點名的胡北原趕緊鞭策他的小破馬，一路小跑過去。他十分「唯周翰陽馬首是瞻」，見周翰陽站在傭兵營地前一動不動，他也跟著屏神凝神地等著老大先動。

周翰陽說：「發什麼呆啊？你先上去扛啊！我的血皮比你脆的好不好!?」

「哦、哦……」胡北原趕緊下了馬，把自己粗糙的身軀送上去讓那倆傭兵胖子亂揍一通。

小諾道：「哎喲！你不說他怎麼知道要先上啦？你倆又沒默契，還指望他能跟你眼神交流啊！」

周翰陽說：「沒默契還有理了啊？」

小諾說：「周總，你對北原挺凶啊。」

周翰陽反應很大，「我哪凶啦？這就叫凶？」

胡北原連忙說：「不凶、不凶！挺正常呀。」

周翰陽又發作了：「你怎麼又死了？能不能別光顧說話，好歹給自己加一口血啊！」

「……我沒光顧說話啊！我把技能給你了，所以沒法給自己加血了。」

「你會不會分析啊!?我生命值比你高，用得著先給我技能嗎？你傻了啊？」

「……」

他也知道周翰陽對他的態度的確比較差，對小諾他們就挺溫和的，時常笑著互罵兩句、彼此調侃。但一對上他，那個口氣就不同了，動不動就暴躁、不耐煩。

有時候他反應慢了，或者稀里胡塗上去送人頭了，要不是隔著螢幕，他覺得周翰陽會拿腳踹他！

這和平時公司裡那架著眼鏡、斯文精英、淡淡然的樣子完全不同。在遊戲裡各種怒斥他的周翰陽，簡直是頭噴火的小火龍。

……大概是在遊戲這樣私人的領域裡，一個人難以掩藏自己真正的感受吧。

所以，其實周翰陽是討厭他的。

他這麼一想，就覺得心頭一沉。

悶悶地玩了兩局，有兩個同事要先下了，三個人繼續排戰，系統很快就匹配給他們兩個新的路人隊友。

進了地圖，一看隊友名字，兩個都是韓文。他們玩的是亞服，遇到韓國人是常有的事，只是兩地玩家的關係一直不怎麼樣，再加上語言無法溝通，基本上配到這樣的隊友，就沒什麼勝算了。

果然這局打得很差，混戰了一陣，胡北原看到那兩個隊友站著不動了，然後一串串他看不懂的韓文在刷屏。

胡北原問：「他們在說什麼？」

小諾道：「看不懂棒子話。」

周翰陽說：「別理他們。他們說你不會玩。」

「……」很快胡北原也看懂了，因為他們開始打英文了，何止是「說你不會玩」這麼客氣啊！他們不僅罵他玩得爛，要他get out，還罵他chinese dog，大堆夾雜了器官和長輩的髒話。

被罵雖然是常有的事，但這侮辱得太過了，胡北原也心頭火起，可惜要還嘴的時候，才覺得書到用時方恨少，用英文竟然不知從何罵起，好不容易打了兩個罵人的詞，還被系統遮罩了。

胡北原仰天長嘯，當年學英文的時候，怎麼就沒學多點有用的罵人話啊？

他正在又氣又急，突然就見得周翰陽劈里啪啦打了一大堆，不僅手速飛一般，辭彙量也是令他大開眼界，種種噴人的花樣簡直是見所未見，看得胡北原都傻了，那兩名韓國隊友一時間

也鴉雀無聲。

過了好一會兒，對方才開始反擊，但迅速遭到了周翰陽無情地碾壓。

「……」胡北原從沒見過有人能這樣罵人不帶重樣，而且還不會被系統遮罩的。

於是，一行人也不跟對面對抗了，就站在自家塔下互相罵來罵去，一直罵到輸完了，系統自動把他們全踢出去為止。

雖然遊戲是輸了，但這罵戰卻是以中方大獲全勝而告終。

小諾在語音裡哈哈大笑，「笑死了！這罵得太過癮了啊！周總你果然是偶像。」

周翰陽對於像這樣的崇拜，只是簡潔回應道：「睡覺。」

胡北原忙密他：**「謝謝啊，替我說話……」**

「沒什麼，罵國人當然要反擊的。」

「嗯……」

而後周翰陽就下線了。

胡北原也下了線，但一時間裡睡不著。

他感覺挺複雜的。周翰陽對他的態度是令人氣餒的，但替他罵人的時候，那不可阻擋、橫掃千軍的勢頭，又讓他能一個人樂上半天了。

……可能周翰陽還是對他有一絲維護之心的？

這麼想著，胡北原被罵了一晚上的鬱卒之感也一掃而空，心情簡直一片明媚。

次日上班，胡北原的心情經過一通綜合以後，還是不錯的。

不過跟夏崇明溝通的時候，他又被氣得夠嗆。這小夥子的態度太差了，已經不能用年輕氣盛來解釋了。他覺得夏崇明是存心在挑釁他，但這又是為什麼呢？

即便仗著有周翰陽做後台，這年輕人也沒必要非得跟他作對呀？哪來的仇啊真是的。

要不是看在周翰陽面子上，他真想好好教訓這小夥子一次。

中午，胡北原出去吃飯。

正找地方呢，突然看見周翰陽走在他前面，邊走邊打電話，旁邊還有個夏崇明在晃悠。

胡北原停住腳步，一時拿不定主意要不要上去打招呼。

周翰陽並沒有發現身後的他，但夏崇明正晃著呢，一轉頭，就眼尖地看見他了。

胡北原知道這傢伙跟自己不太對盤，決定這個招呼還是不打了。

然而，不等他有所避讓，夏崇明就眼神不善地望了他一眼，而後，挽住了周翰陽的胳膊。

周翰陽也沒有反應，就讓他那麼挽著，繼續打電話，一副不以為意、習以為常的樣子。

「……」胡北原如醍醐灌頂，或者五雷轟頂一般突然明白過來了，周翰陽和夏崇明，他們之間的關係。

拾參

胡北原在那明晃晃的大太陽底下，站了半天，一直到看著他們倆漸漸走遠。

那種感覺太奇怪了，像是被什麼瞬間狠狠擊中了一樣，心口半天都沒能有知覺，然後才漸漸地，有了一跳一跳的痛感。

胡北原沒吃午飯就回公司了。

他覺得自己簡直荒唐，這關他什麼事，他憑什麼難受啊？他有什麼立場覺得胸悶窒息啊？

他痛恨自己的莫名其妙。

其實事情很簡單，也沒什麼大不了。對吧？他就像是周翰陽人生當中會經歷的無數個站點當中的一個小站。這單行道，周翰陽是真的已經從他面前呼嘯而過了。

如此而已。

這一天剩下的時間裡，胡北原腦子裡都是亂的。他忙著自己和自己吵架，一個自己清醒嚴厲，另一個自己始終不爭氣，在那死去活來、傷心欲絕，於是，一個自己在啪啪地打另一個自己的耳光。

就這麼一直打臉打到晚上，躺了半天也睡不著的胡北原，還是忍不住又偷偷摸摸打開LINE群組，想窺視一下周翰陽的動靜。

反正看一眼又不會怎麼樣，也不代表什麼吧！

群組裡不怎麼熱鬧。深夜了，就幾個人在胡吹海扯，而周翰陽似乎不在。

胡北原頓時覺得有點失望，正要關掉視窗，冷不防有人刷了一螢幕的燒烤圖片，烤雞翅、烤牛排、烤羊腿、烤龍蝦，簡直令人垂涎三尺。

群組裡一下子炸開了。

「操——小諾，你大半夜的發這些，合適嗎？」

小諾說：**「我餓啊……」**

「你一個人餓著就好了，發出來這是報復社會的行為啊！」

「值得批判！」

小諾屢教不改地又發了幾批美食圖片，激起更深沉的公憤。

「你媽的！你以為就你有這種圖嗎？」

一時，群組裡漫天飛的都是喪心病狂的美食圖片，隔著螢幕，也能感受到那滋滋作響的香氣，大家流著口水互相刷了半天吃的，而後興致勃勃地討論起了海鮮燒烤。

「烤扇貝、烤生蠔！」

「海鮮燒烤怎麼能沒有烤魷魚啊!?」

「錫紙包點花蛤、田螺，烤著才叫美呢！」

這種引人入勝的話題，即使心情低落的胡北原也忍不住加入：「錫紙烤黃魚挺好吃的。」

「對！我知道有一家的錫紙黃魚，非常的原汁原味。」

說話的是周翰陽。

胡北原瞬間的心情，怎麼形容呢？周翰陽只是簡單的回應了他的話題，但那種感覺，就好像天空中劈里啪啦升起無數的煙火一樣。

「本來都要睡了，被你們這些禽獸聊得我都餓了。」周翰陽抱怨道，過了一陣，周翰陽又說：**「我準備去吃宵夜了啊，有要一起的嗎？我請。」**

群組裡還醒著的單身漢們頓時紛紛回應，周翰陽點著人數：**「小諾、阿圖……何海你要陪你老婆不能出來是吧？麥佳你能來嗎？老許呢？」**

周翰陽逐一邀請了好幾位，就在胡北原難過地覺得他要被刻意繞過的時候，周翰陽又問：**「北原要一起來嗎？」**

……連稱呼都變了。

但這時胡北原一點都不計較這細節了，他滿心想著周翰陽邀請我了！他邀請我了！

經過白天目睹的那一幕，理智上來說不湊這個熱鬧，並遠離某個擾亂他心神的人，才是正確行為，但他已經煙花一般砰砰砰地炸開了。

胡北原看見自己不由自主毫無骨氣地回應：**「好啊！」**

「那好，我們約在陽明路那家海鮮燒烤見啦！」

那家燒烤店離他住的地方不近不遠，胡北原一點也不耽擱，跳下床、套好衣服，就立刻下樓開車前往。

在燒烤店附近的地下停車場，瞅準一個位置倒進去的時候，他看見旁邊停了一輛頗眼熟的藍寶堅尼，正回想著呢，藍寶堅尼的車門開了，從上面下來的是周翰陽。

胡北原本能地就覺得眼前一亮，然後另一邊車門也開了，又下來一個人，是夏崇明。

胡北原突然體會到一個道理。有的人可以什麼都不用做，就讓他領略到從天堂到地獄的落差。

他呆坐在車內，原本想等他們走遠了再下車，但周翰陽從他車前經過的時候，透過擋風玻璃看見了他。

周翰陽朝他點點頭，「這麼巧。」

「是啊。」胡北原硬著頭皮擠出一絲微笑，再拖延時間就太刻意了，只得彆彆扭扭地下了車。

雖然夏崇明一副進入戰鬥狀態的公雞般模樣，他們還是成了不甘不願的三人行。停車場到大排檔有那麼一段百來公尺的路，路上一句話都沒有，三個人都各懷心事地憋著氣似的，胡北原覺得尷尬恐懼症都要發作了。

好在就坐以後，人陸陸續續的就來齊了，桌上開始熱鬧起來。

現場是清一色能吃能喝的大男人，周翰陽又豪爽，揮手點了一堆的烤魚、烤蝦、烤扇貝、生蠔、花蛤，肉串則是一種幾十串地上，很快就擺滿一桌子。

大家就著烤物叫來了一打啤酒。

喝過一輪之後，有人感慨地說道：「啤酒雖然過癮，還是想來點葡萄酒啊！」

被叫來的燒烤店老闆面無表情地說道：「我這兒沒有。」

周翰陽笑道：「我後車箱裡剛好有兩件。要不我去拿來？」

夏崇明不樂意了，他說：「不行！哪能讓你請客還讓你跑腿啊？叫個人幫你去拿不就得了。」

這話說得很直接，那種明顯的護著周翰陽，生怕周翰陽吃虧受累的勁兒，隔幾條街都能聞得出來。胡北原心裡又彆扭了。

但這顯然不關他的事，他只能悶頭使勁地啃烤雞翅。

眾人也都是識相的，的確哪有讓老闆自己跑腿的道理，連忙紛紛表示：「是啊、是啊！我們去拿，隨便叫個人就行了。」

「北原。」周翰陽看向胡北原。

胡北原冷不防被這麼一叫，連忙放下手裡的雞翅膀，「嗄？」

「你方便嗎？幫我去車裡拿一件酒來。你知道我車停哪兒的。」

「好的、好的、好的！」胡北原點頭如搗蒜。周翰陽點名使喚他，他都覺得樂不可支、受寵若驚了呢！

拿了鑰匙，胡北原腳步輕快地跑到停車場。

周翰陽的那輛藍寶堅尼十分醒目，他掏出鑰匙，利索地開了後車箱，把那葡萄酒取了一件六瓶，抱在懷裡，任務也就完成了。

拿好酒正要走，又想想這車畢竟名貴，胡北原深怕自己漏了什麼，於是再回頭檢視一番。這一檢查就把他嚇了一跳！後車箱貌似沒鎖上，一抬又開了。

胡北原一邊納悶，一邊慶幸，雖然印象裡自己是鎖過了，但好在及時發現，於是，又認真地上了鎖。豈料鎖好了再試試，後車箱的蓋子依舊能打得開。

胡北原反覆折騰了半天，每一次鎖好了都能再打得開，真的是徹底胡塗了。

眼看這酒來拿的時間未免有點太久，胡北原無奈之下，也只好撥通了周翰陽的電話。

對方在那頭「喂」了一聲，而後說：「怎麼了？你人呢？沒事吧？」

胡北原略有點尷尬地說道：「周先生，那個後車箱我怎麼都鎖不上了，是不是被我弄壞了還是怎麼的……」

周翰陽頓了一下，說道：「沒事……車沒壞。那是因為你手裡有車鑰匙，這鑰匙是感應的，在一定距離內會自動開啟。你把它鎖上，再走遠點，就沒事了。」

沒怎麼開過豪車的胡北原頓時尷尬到萬分，「哦、哦——這樣啊！不好意思！那我馬上就回去。」

掛斷之前，他聽見夏崇明的聲音在旁邊冷冷地說：「笑死人了，鄉巴佬嗎？連電動鑰匙都不知道？」

他未及反擊，電話就喀嚓一聲被周翰陽迅速切斷了。

胡北原心頭火起，他受夠了那小混蛋的夾槍夾棍了，他打算一回去就找夏崇明把帳算清楚、把話說明白。

抱著酒、怒氣沖沖地回去，然而一看見夏崇明坐在周翰陽身邊，胡北原又氣餒了。

……算了吧，他跟夏崇明鬥什麼氣呢？人家是什麼人啊……說他兩句算什麼？就憑現在跟周翰陽的關係，夏崇明對他造成的傷害都能有成噸，何必介意那兩句？

胡北原全無鬥志地說：「周先生，酒來了。」

周翰陽接過鑰匙，說道：「辛苦你了。」

「小事、小事。」

「大家喝酒吧。」

胡北原覺察到氣氛略微有些尷尬。夏崇明臉色不善，隱隱鐵青，明明剛剛在電話裡嘲笑了人，現在倒好像被嘲笑的人是他一樣？

胡北原環視一番，確定那奇怪氣氛並不是他的錯覺，便問：「怎麼了？」

現場的眾人聽見夏崇明奚落他了，照理說，尷尬也該是替他尷尬，但他們的表情看起來又不像，看他的眼神都透著古怪。

「……是這燒烤壞了？」胡北原有些猶豫地看著在場的人，他們是吃到死魚還是臭螺了？

小諾說：「沒沒沒——這黃魚可香了，很新鮮，剛上的，來來來——趕緊趁熱吃。」

接下來的宵夜時間還算愉快，吃飽喝足以後大家盡歡而散，倒是夏崇明自己黑著臉，叫了計程車走了。

胡北原摸不著頭腦，也不知道這貨鬧的是哪門子彆扭，大概小朋友的脾氣大吧！

他默默地走向停車場取車，不可避免地和周翰陽同行了這一路。

兩人沉默地在夜色裡走著，誰也沒說話，但氣氛沒有來時那麼僵硬了。

周翰陽突然開口：「這家的烤黃魚還不錯吧？」

胡北原受寵若驚地說：「是啊、是啊！」

「其實還有一家味道更好的，有機會帶你們去嚐嚐。」

「好啊、好啊！」

雖然知道周翰陽只是為了化解尷尬才隨意找的話題，而且是「帶你們」，不是「帶你」，胡北原還是開心得不得了。

等各自上了車，周翰陽客氣地說：「晚安了，路上小心。」

「晚安、晚安！」

不知是不是錯覺，胡北原覺得周翰陽挺溫柔的。

一直到回了家，胡北原還是興沖沖地，那點簡單對話帶來的幸福感揮之不去，足以沖淡今天所有的不愉快了。

他躺在床上反覆回味著今晚和周翰陽的互動，（雖然一共也就不超過十句話），而後才沉沉睡去。

這天到公司的時候，胡北原接到一個來自周翰陽的電話。

是用公司內部電話打的，不是私人手機，但胡北原還是激動了。

「周先生，有什麼事？」

「你好，北原，先和你說一聲，我打算把崇明調去別的部門。」

「咦？」

「他比較小孩子個性，這段時間沒好好學，倒給你添了麻煩。」

胡北原連忙說：「哦、哦，也沒有啦，他挺認真的……」

雖然挺受不了夏崇明，但背後他不想說人壞話。

周翰陽笑道：「你也不用替他說話，他什麼樣的臭脾氣我很清楚。」

「呃……」周翰陽提及夏崇明的時候那種自然而然的親暱和責備，又讓他心口不爭氣地隱隱發酸。

周翰陽處理得挺公正。然而他畢竟是外人，而夏崇明是自己人。

「那就先這樣了，有問題可以聯繫我。」

「好的、好的……」

不管怎麼說，能和周翰陽說上幾句話，不論內容，他還是挺開心的。

過了一會兒，夏崇明就來辦公室收拾東西了。兩人打了個照面，他依舊沒給胡北原好臉色，哼了一聲，就抱起手裡的紙箱，扭頭英俊瀟灑地轉身離開。

哪知道在裝腔作勢的這當下，紙箱的底居然散了，裡頭的東西劈里啪啦跌了一地。

「……」

夏崇明尷尬地站在那裡，旁邊已經有人發出竊笑聲了。以他和胡北原的不和，這時候胡北原落井下石地嘲笑一番，也是理所當然的。

不過，胡北原已經拿了另一個紙箱，蹲下來替他把東西收進去，說道：「我幫你。」

「不用！」夏崇明怒道，粗魯地搶過箱子走了。

……怎麼說呢？胡北原自從那天目睹了他和周翰陽的挽手之後，現在算有點能理解這傢伙劍拔弩張的敵意了。

雖然不能說是出師有名，好歹也是算事出有因。

人對於另一半的前女友、前男友，都難免有點道不明的憎惡。儘管他是壓根什麼都算不上。

……畢竟是小孩子啊，胡北原心想，唉，你有什麼好鬥氣的？你有周翰陽呢！

晚上回家收拾、收拾，吃過晚飯，胡北原打開LINE群組，又看到他們在喊著組隊打遊戲。小諾吆喝：**「開組了啊！八點準時開黑了啊！還有誰要來的？周先生你來當大腿不？」**

「來，稍等我一下。」

胡北原立刻精神抖擻：**「我也打，等我沖個澡！馬上！」**

因為夏崇明的存在，他已經沒有什麼可胡思亂想的餘地了，但同隊打遊戲的一、兩個小時，還是他一天中最快樂的時光。

沖完澡出來，還沒走到電腦前呢，就聽見小諾在語音軟體裡大喊：「就一個空位了，北原你趕緊來啊！」

等他一屁股坐下來，又聽見小諾說：「滿了！」

「……」

「北原你來遲了一步，周先生比你先上線啊。」

胡北原無比失落，他的沮喪之情簡直像能穿透螢幕一般，以至於大家都感受到了。

周翰陽問道：「要不北原你來打吧？我休息一會兒去。」

胡北原連忙說：「不用、不用，你玩。我去打會兒隨機組隊。」

周翰陽要是不在隊伍裡，他也沒什麼玩的必要啊……拿周翰陽換他，有什麼意義？

胡北原在隨機組隊裡打得垂頭喪氣、萎靡不振，差點被對面的電腦幹翻。

而後他聽見語音軟體裡，周翰陽在吐槽：「小諾你是對面派來的臥底嗎？你都送了多少人頭了!?」

「操——我卡啊！走兩步就卡，一定是又有人盜我的無線網了。」

「你再重登一下試試。」

語音軟體裡傳來上下折騰的聲音，而後小諾說：「不行，又掉了！」

周翰陽說道：「算了，先把你踢了，弄你的破網去吧！北原，你進隊伍。」

胡北原頓時心花怒放，簡直想跪謝那個蹭走小諾網路的壞鄰居。

打遊戲的時候，胡北原就全程騎著他的小破馬，努力跟著周翰陽，亦步亦趨地，周翰陽指東他不敢打西，周翰陽叫他頂上他就不敢後退。

有次在周翰陽被集火，差點嗝屁的時候，他瞎貓碰上死老鼠地給了個保護性的大招，一舉扭轉了局勢。

周翰陽說：「這個技能給得不錯，有進步。」

胡北原樂得整個人都要劈里啪啦地綻放了。

有的人就是這麼神奇。最輕微的動作、最不經意的言語，都能影響他一天的心情。

胡北原也不知道自己為什麼就變得這麼敏感、這麼卑微、這麼容易傷感和快樂。

到底什麼東西，會讓人變成這樣呢？

「愛情這東西啊……」

胡北原正走神著呢，嘴裡的奶茶差點噴了出來，「什麼？」

旁邊沙發上坐著的蘇沐說：「這電視劇啊！」

「哦……」

「愛情真是讓人變得好卑微，又卑微得滿心歡喜。」

胡北原心有所感，一時也不知說什麼，半晌道：「妳從哲學家變詩人啦？」

「這是那誰說的……從塵埃裡開出花來嘛！」

電視劇播到一個段落。

趁著插播廣告時間，蘇沐迫不及待地說道：「你先幫我看著可萌，我抓緊時間去洗個澡。才買的衣服呢！都是她的口水印子！」

胡北原搖搖頭，「……妳也太不防著我了，我好歹是個男的啊！」

蘇沐邊拿衣服邊笑道：「因為你根本對我沒那意思，而且你心裡有人啊！」

「嗄？」胡北原尷尬道：「瞎說！我怎麼就心裡有人了啊？」

「女人的直覺。」蘇沐笑著說道：「雖然我不知道是誰，但你一看就是心有所屬的樣子。這可是瞞不了的。」

「……」也許是吧，然而並沒有什麼用。

胡北原習慣性又去看公司那個LINE群組，剛好群組裡有人在喊周翰陽：**「周先生，晚上一起打風暴啊？」**

周翰陽回答：**「今晚不玩了，我要去看電影。」**

「一個人？」

「兩個人。這不飲料第二杯半價嘛！」

「唉唷——周先生有女朋友啦！」

「想多了，是我哥們。」

哥們多半就是夏崇明了。胡北原又不由自主地沮喪了、消沉了。

有人問：**「看什麼電影吶？」**

周翰陽報了個片名。

「哎？那不是國產動畫片嘛？」

「支持國產嘛！再說這個評價挺好的，老少咸宜。」

和別人說話的時候，周翰陽挺能聊的，隨和又平易近人，不需要什麼特別的話題，都能其樂融融，弄得胡北原都不敢隨便插嘴了，覺得自己這樣偷偷看著就挺好的，免得開口打破這種和諧。

蘇沐正好洗完澡出來，問道：「哎，對了，晚上我帶可萌去看電影，你一起去吧？我們指望你開車呢！」

兩人都熟到這麼坦誠了，胡北原關上手機無精打采地問她：「看什麼電影？我去瞧瞧團購有什麼優惠？」

反正他一個單身狗，閒著也是閒著，還不如充當一下朋友的勞動力。

「動畫片吧！給她看大聖。」

「哦……」正巧是周翰陽推薦的那一部，胡北原一下子就來勁了：「我馬上訂座位。」

跟著去看周翰陽所看的電影，和他那些偷偷摸摸的關注一樣，能帶給他一點見不得光的快樂。

但周翰陽現在是心有所屬的人了。這樣想著，他就有點心酸，又特別鄙視自己。

這部動畫片出乎胡北原意料地受歡迎。他們抱著蘇可萌，拿著可樂、爆米花走進放映廳的時候，電影還未開始呢，廳裡居然已經坐了大概八成滿了。

胡北原一手抱著蘇可萌，一手拿著票使勁地瞧，總算找到了相應的那一排座位，而後一路從其他人的腿前擠過去，「不好意思、不好意思。」

他們的空位在中間，旁邊已坐了人，胡北原滿口「不好意思、不好意思」地入座的時候，他身邊那正和鄰座交談的青年聞聲轉過頭來——電影尚未開始，廳裡的燈還亮著，他清晰地看見對方的臉。

雙方都驀然安靜了片刻。過了那麼幾秒鐘，青年朝他點點頭，「這麼巧。」

胡北原呆坐著，大腦一片空白。

蘇沐很是驚訝地微微探頭，「周先生？」

周翰陽又朝她也點點頭，「蘇沐？好久不見。」

「你回國啦？」

「是啊！」周翰陽略微一頓，看向胡北原手裡的蘇可萌，「這是妳女兒吧？挺像妳的。」

既然不在公司了，蘇沐對於自己當媽媽的身分很坦然，「是呢！可萌，叫叔叔。」

蘇可萌特別可愛地用力點著小腦袋，「蜀！黍！好烏！」

周翰陽笑道：「小傢伙好可愛啊！」

這寒暄略微有些尷尬，幸好電影及時開始了。

蘇可萌非常乖巧，比起一般的小朋友，她是出奇地懂事和專注的，在電影院裡沒有造成任何的麻煩或干擾。

然而，胡北原還是什麼也沒看進去。

周翰陽就坐在他身邊。這一幕似曾相識，以至於他一時間恍惚著有了錯覺。

……上一次是什麼時候的事了？他僵直坐著，簡直不敢亂動，又希望時間能停止在這一刻，好像這樣就能回到從前似的。

拾參

胡北原保持著雕像的姿態坐了半場電影，漸漸覺得口乾舌燥，於是伸手摸索著，拿起手邊的可樂，喝了一口。

「這杯是我的。」

周翰陽冰冷的聲音響起來，他才想起來自己的可樂是在另一邊扶手的飲料架裡。

「對不起啊！」

周翰陽沒回應，也沒再動過那杯飲料了。

胡北原又鬱悶了。

他在周翰陽出聲的瞬間從心底冒出的自我厭棄，隨著時間的流逝迅速變得愈來愈大，到電影結束的時候，那點自我厭惡的苗頭已經在他心裡長成參天大樹了。

燈光亮起，觀眾陸陸續續站起來離開。散場的人流裡，胡北原走在周翰陽背後，通道擁擠，不可避免地有些肢體上的擠壓碰觸，而周翰陽就如冰霜澆灌而成的一樣，始終堅定地背對著他，沒有任何反應。

出了電影院門口，倒是蘇沐先叫住他們：「周先生。」

周翰陽轉過身來，以一種非常端整恰當的微笑回應道：「嗯？」

「順便一起吃個飯吧？好久不見了。」

周翰陽笑了一笑，胡北原知道那是準備拒絕的笑容，而他未開口，旁邊的夏崇明就說：

「翰陽跟我約好地方吃飯了。」

蘇沐是心明眼亮的人，溫柔一笑，「那好，下次有機會再約吧。」
等他們走開，蘇沐瞅著胡北原，「你們怎麼了？」
胡北原木然回答：「嗄？沒怎麼啊！」
蘇沐瞧著他，瞭然地說道：「周先生是前段時間回來的？怪不得你這陣子不大對勁呢！」

為了照顧小朋友，兩人帶著蘇可萌找了家環境比較好的餐廳。
進了店門，還未坐下來，就看見周翰陽和夏崇明在隔壁桌位。
一行人目光相對，都尷尬得不能再尷尬了。
「這麼巧啊！」蘇沐禮貌地打著招呼。
周翰陽朝他們笑了那麼一笑，並不開口。
電影院附近口味靠譜的餐廳選擇並不多，能碰巧遇到也不算特別意外，但很明顯，周翰陽完全不愉快於這種巧合。那兩人並沒有說什麼，但周遭就像升起一道無形的牆一樣，把他們這鄰座的「熟人」隔在牆外。
胡北原的情緒已經不可避免地低落了，但還是不忘周到地拿出給蘇可萌專用的小碗、小勺子裝食物，讓她在餐廳提供的兒童座椅裡坐好，給她在胸前裹好餐巾。
每次陪蘇沐母女出門他都是如此幫忙，這些瑣碎已經成了他習慣成自然的職責。
「蟹蟹蜀黍！」蘇可萌很有禮貌地說道，然後在他臉頰上親了一口。

拾參

胡北原摸一摸她的小腦袋，突然聽得「豁」的一聲，抬頭就看到周翰陽推開椅子站起身來，而後大步走開，看樣子，像是去洗手間。

胡北原也不知道自己想什麼，怔了一怔，本能地就站起來，跟過去。

洗手間在餐廳外面，要走過一條長廊，胡北原緊跟著周翰陽。裡面沒有什麼人，一個大叔洗了個手就出去了，周翰陽顯然知道他在身後，但始終沒有回頭，一聲不吭地進了隔間，「啪」地將門關上。

胡北原默默在外面站著，他也覺得自己怪變態的，這是他第幾次在洗手間裡堵周翰陽了？他也不想這樣，但周翰陽並不給他其他的單獨相處的機會。他要找人家說點什麼，只能採取這麼卑微的、低下的、不體面的行動。

過了很久，在他的感覺裡像是過了一個世紀那麼久，周翰陽才開門出來，也並不看他，只逕自去洗手台前，冷漠地洗著雙手。

「周先生。」

周翰陽說道：「有事？」

胡北原心裡咯了一下，因為周翰陽又變得冷淡了一層。

他不爭氣地就跟著也身上發涼，還結巴了：「也、也沒什麼事……」

胡北原覺得現在自己像一個過度靈敏的溫度計，對於面前男人的態度冷熱都異常敏感。

周翰陽說道：「那麻煩讓一讓。」

「周先生。」胡北原一緊張就更笨拙了，「你是不是真的很討厭我？」

周翰陽淡淡地掃了他一眼，「你總問這個做什麼？」

「呃……」胡北原也清楚自己這些廢話的拙劣，但他這時候已經講不出什麼聰明的話來了，「我只是……我希望我們還能做朋友……」

周翰陽笑了一笑，說道：「我們是朋友啊。」

他連冷漠也是如此滴水不漏。胡北原覺得自己好像只能一籌莫展、無計可施。

理智上，他也告訴自己，別再去招人煩了，周翰陽是態度那麼鮮明地冷硬著，之前那些若有若無的溫柔、友善，都是他自己一廂情願幻想出來的。

但不知怎的，一看見周翰陽，哪怕是眼神不經意的一個交會，他就忘記自己前一刻那絕不犯賤的信誓旦旦了。

周翰陽擦乾雙手，從始至終沒看他一眼，就從他身邊淡然地經過。

胡北原看著青年走出門去的背影。不知為什麼他覺得這次不去追他，以後就再也追不上了，就會愈來愈遠了。

「周先生！」

周翰陽沒有理會他，繼續大步往前。

胡北原追上前，情急之下不由地就想抓住他的手臂。

手指才一觸及，周翰陽便敏銳地將胳膊抬起，哪知這樣一抽離，胡北原順勢恰好就抓住了他的手，兩人掌心相觸，胡北原才愣了一愣，周翰陽當場被燙著一樣猛然推開他，「你別碰我！」

這一下太過用力，胡北原未曾防備往後踉蹌兩步，撞上角落裡堆著的一疊紙箱，紙箱嘩地垮了，把他埋了一半在裡面。

混亂的聲響過後，眼前是暫時的黑暗。胡北原腦袋挨了一下重擊，一時天旋地轉，他就那麼在地上坐著，被砸懵了、更被周翰陽嚇住了。

而後那些亂七八糟的東西被撥開，周翰陽青著臉，跪在他面前握住他的肩膀，「你沒事吧？」

胡北原還有些回不過神，過了一刻，才直勾勾地說道：「沒事……」

周翰陽把他拉起來，上下前後檢視了一遍，除了額頭上腫了個包，臉頰被擦了兩道紅痕之外，別的倒也沒什麼。

周翰陽小聲問他：「疼嗎？」

胡北原呆呆地搖頭，「不疼……」

青年的手指謹慎地碰觸了他的臉頰，「這兒疼嗎？」

「……」莫名的又有了那種周翰陽很溫柔的錯覺，胡北原於是忘了腦袋上的痛，只傻愣愣望著對方。

青年對上他的眼光，有那麼幾秒鐘的時間裡，他們對視著，胡北原覺得世界好像突然寂靜無聲，時針也停止了、風也變得溫暖。

突然，一陣震耳欲聾的手機鈴聲近距離響起，擦肩而過的大叔邊走邊接起電話，大嗓門地嚷著：「喂？王總啊……」

胡北原一時都給震暈乎了。

不等他有所反應，青年臉上已經浮起一種怪異的惱怒表情，驀然又甩開他，自己後退了一步。

胡北原茫然了，本能地伸出手，「周……」

周翰陽厲聲道：「別碰我！」

胡北原收手不及，還是碰到了他的衣角。

周翰陽立刻像是失去自制一樣，怒吼：「叫你離我遠點！你聽不懂是不是啊!?」

這次青年轉身大步走開的時候，胡北原沒能再追上去。不是他不想，他是邁不開步子，手腳都像凍住了似的，心口涼颼颼的，像之前陪蘇沐母女看過的一個電影裡，被某種冰霜魔法打中了一樣。

整個世界都陰暗了……真的，就是這種感覺。四周沒有了光，也沒有了溫度，甚至沒有了空氣。

因為沒有空氣的緣故，他覺得無法呼吸。

拾參

重回到座位上的時候，周翰陽那一桌已經離開了。

蘇沐驚訝地望著他的臉：「你怎麼了？」

胡北原含糊地說道：「沒什麼。」

「跟人打架了？」

「不，剛摔了一下……」

「摔得重嗎？要不先回去給你擦點藥？」

「不用，很小事……」

蘇沐瞧著他，沒再出聲。

因為他居然哽咽了。

被某個人明確地、激烈地拒絕、嫌惡的時候，原來是這種感覺。有那麼一瞬間，胡北原甚至鼻子有點發酸，眼睛也脹痛了。

這種可怕的軟弱，他平生第一次覺得難以承受。

拾肆

事情過去幾天了，胡北原沒再和周翰陽說過話，公司也是、LINE群組裡也是。

他盡量不讓自己想那些事，一想起來就整個人都亂了，都說不清是委屈多一點，還是羞愧多一點，不過，始終他還是覺得自己活該。各方面來說都活該。

更何況周翰陽已經不是單身了。

這天，一個人在店裡吃牛肉麵，味道乏善可陳，吃得人倒盡胃口，胡北原百無聊賴地往窗外望了一眼，而後就怔住了。

有對年輕的男女正親熱地依偎在一起，靠著車門卿卿我我地互相餵食冰淇淋，肉麻程度暫且不表，只是那男生……不是夏崇明又是誰？

短暫的驚愕過後，胡北原只覺得像有股火在胃裡燃燒起來，很快火焰便衝上了他的大腦，而後轟一聲炸開了！

他忘記他堅持了幾十年的謹小慎微，如同一個莽夫一般大步出去，從後面一把抓住夏崇明的肩膀——被打擾的男生不悅地轉過身，胡北原不等他有所反應，當面就給了他重重的一拳！

女生尖叫起來，夏崇明後退兩步，一時被打懵了，只能驚訝地一手捂臉、一手撐住牆。

等看清動手的是胡北原，他怒斥：「你瘋了啊!?打我幹什麼!?」

胡北原從頭頂到腳底的血液都因為憤怒而沸騰了，口氣倒還挺冷靜地說道：「你說我打你幹什麼？你對得起周翰陽嗎？」

夏崇明安靜了下，而後用一種似笑非笑地又有些許惡意的表情說：「喲——說得好像你沒做過這種事一樣。」

「……」胡北原冷靜地強調：「我和蘇沐根本就沒什麼！」

夏崇明從那一拳裡緩過來，就又開啟嘲諷模式：「那是因為人家看不上你，一直拿你當備胎，孩子都那麼大了，你這備胎都沒轉正，也是怪可憐的啊！」

「不是那樣的！你不知道就別瞎說！」

「我瞎說了什麼？你自己做的事，自己心裡清楚。」

「不用扯我的事，你這樣要怎麼向周翰陽交代？」胡北原這時並不在意夏崇明如何奚落他，也無心為自己解釋洗白，他滿心只想著這傢伙對周翰陽的背叛。他只在意周翰陽。

夏崇明倒像是樂了，把手往褲袋裡一插，「哈，你是想去跟翰陽告狀嗎？你倒是去呀！」

圍觀的群眾原本以為有一場好戲可看，眼瞧著打不起來了，便無聊地紛紛散去。

夏崇明轉頭告訴那女生：「妳去車上等我，我得跟這人好好聊聊。」

剩下他們兩個人的時候，夏崇明挑明了告訴他：「省省吧！我和翰陽不是那種關係。若若是我女朋友，我是為了她才回國的。翰陽跟我從小一塊長大，他當然知道我喜歡誰，我倆就是哥們。」末了，又涼颼颼地補了句：「我可不像某人。」

「……」

「沒錯，我倆就是做做樣子給你看的。不過你也不用心思活絡，他就是不想尷尬、不想費口舌，也免得你想太多，否則何必做樣子啊，是吧？你也懂的，不然萬一你知道他單身，就幻想什麼他對你舊情難忘、為了你才打光棍，那真是困擾死他了。」

「……」從對方說了「不是那種關係」開始，胡北原就覺得這個對話可以結束了，然而夏崇明倒像是興致上來，饒有趣味地要誠心來幫他進一步解析答疑。

「說來，你是不是很奇怪翰陽對你的態度有點陰晴不定啊？」

胡北原本來已經打算轉身就走了，這麼一聽，又停了下來。

「你想知道為什麼嗎？」夏崇明用一種又嘲諷又憐憫的口氣告訴他：「因為他討厭你，但又要竭力忍耐，不表現出來。你知道他是個紳士嘛，又是個公平的上司，不能太有個人傾向，對吧？

他需要克制自己的情緒。你再怎麼樣，畢竟也是個合格的員工嘛，還是要得到點人文關懷的。只不過有時候難免忍不住，所以囉……」

「……」胡北原沒吭聲，那種涼颼颼的痛感又來了。

這些雖然他都理解，也的確這樣猜測過，但從別人嘴裡如此清楚明白地說出來，一時還是覺得太殘酷了。

周翰陽曾經喜歡過他。但那是曾經，都已過去了，亦不會再來。他所經歷過的、體驗過的，那些來自周翰陽的溫柔和珍視，都不會再有了。

從愛，到愛過，是那麼簡單接近，卻又那麼遙遠。

胡北原確定自己需要辭職了。

曾經他也有過頭腦發熱想賭氣不幹的時候。但那時不同，那時候的他想歸想，還是十分謹慎的，起碼得保證不能裸辭、得騎驢找馬、心底還有許多的兜兜轉轉。

但這回不同，他是真的得走了。

以他好不容易爬到的這個位置，目前的成績、將來的前景，這時候辭職真的是失心瘋，不是自毀前程四個字能形容的，估計沒人能理解。

但……怎麼描述呢？那種感覺。

確切的他也說不上來，他只是覺得特別、特別的難受，到了承受不了的地步。

有時候，人在遭遇了大的挫折以後，就需要盡快逃離那個人所在的地方，不然每一刻都猶如行走在刀尖上一樣疼痛不已。

準備辭職信的時候，胡北原也收拾了一下家裡的東西，他找出一個深色木質珠寶盒。

這盒子是自己後來專程買來的，為了配得上裡面的東西。

他明知道裡頭是什麼，更知道自己不該打開，但盯了半天，還是手不受控制地把它開啟了——躺在絲絨底座上的是塊翡翠平安釦，綠得驚心動魄。

蘇沐早就還給他了，他沒那麼大的心拿出來戴，只謹慎地收在盒子裡。

他還欠著周翰陽這個。雖然周翰陽聲明過不必還，但那是周翰陽個人的氣度而已，這種價值不菲的東西，於情於理他都不能自己留著。

之前周翰陽回來，他沒馬上物歸原主，是因為他心裡多多少少還抱著點不太現實的期待。而今都到這地步了，割捨不下就成了一個非常可恥的辭彙。

時值深夜了，夜幕深沉、萬籟俱寂，一片靜謐中，耳裡能捕捉到的就只有細小的蟲鳴。

胡北原躺在床上，把盒子拿在手裡呆呆地盯著瞧，一旦把這個還回去，他就不再擁有任何屬於周翰陽的東西了。他們之間，從此便徹徹底底切斷了。

一想到這一點，胸口就跟被重錘狠砸了一下似的，氣都喘不上來。

他翻了個身，沮喪地把盒子和臉都埋在枕頭裡。

次日，胡北原麻木地去公司上班，向他的頂頭上司遞了辭職信。

顧總本來笑哈哈地跟他說話，一看清信件抬頭，就笑不出來了：「這……出什麼事了？不是我說……你好端端的，辭什麼職啊？」

胡北原是個很好的員工，勤快細心靠譜，他要是走了，作為他的頂頭上司的確很煩惱的。

「對不起啊！顧總。」

「嫌薪水低了？別沉不住氣啊！過完年就該再給你加了……」

「不是為這個。」

「那是為什麼呀？待遇哪裡不滿意你可以提嘛！全都可以商量的。」

「顧總，我沒有不滿意，公司非常好，是我自己的問題。我想休息一段時間。現在就業困難，人才很多，不怕找不到人的……」

「想休息那你就放個假嘛！放個假再回來啊！還是那句話，有什麼覺得不合適的，都可以調整的呀！」

胡北原覺得很愧疚，但他不是想拿辭職來要脅什麼，他就是單純地想走。雖然丟下這班同事挺不負責任的，但哪還顧得上啊!?

「這樣吧……」看他沉默不語，顧總很頭痛的樣子，「這個我先收著，我給你遞上去，看看上頭意見，行吧？這不是我說了算的。」

胡北原笑了笑，「你同意就行了，也就走走程序。」

「還真不行。」總經理苦笑道：「而且也得提早一個月申請，總得留時間把工作交接好，對吧。」

從顧總的辦公室出來，遠遠地就看見周翰陽的辦公室門關著，胡北原才有勇氣走近，把懷裡揣著的盒子交給外頭的祕書。

「麻煩妳把這個轉交給周先生。」

美女祕書看了他一眼，點了點頭，「好的。」

胡北原走了幾步，又回頭看看，美女祕書依舊在低頭忙她的。胡北原不由得不放心了，她會記得交給周翰陽嗎？她什麼時候會交呢？

他揣測著周翰陽收到盒子時候的反應，但仔細一想，也許周翰陽根本不會有任何反應呢？

胡北原立刻對於還抱著一絲幻想的自己覺得很羞恥。

只有刻意去道別的人，才會因為這道別而感受到一絲疼痛。對於早已不在意的人而言，絲毫感覺都不會有的。就像他自己，難道會在意那些張三李四的辭職嗎？

他要辭職的事很快就傳開了，幾個相熟的同事紛紛來問他，胡北原也不知如何解釋，只說：「公司挺好的，只是自己最近累了，想休息一下。」

「是哦，世界那麼大，得出去看看。」有人瞭然地說道，也有人勸他：「就算想去閒雲野鶴，你好歹也做一做，等著公司主動炒你啊！能有不少遣散費呢！你記不記得阿本那個摸魚的傢伙，我們組天天替他擦屁股，他一件事也沒好好做過，被炒還拿了足足六個月薪水的補償呢！你就這麼辭了，沒錢又沒下家，是不是傻啊？」

過了一陣，LINE上有人敲他，一看是小諾。

「北原，說真話，你到底為什麼辭的？」

「……不為什麼啊，就是累了。」

「因為周先生嗎？」

胡北原一下子就說不出話了。

「以前你跟周先生不是挺好的嗎？搞得這樣，我也弄不懂你們了。」

小諾是老員工，是親眼目睹過他們關係起起落落的人，對於這兩人到底是敵是友都一頭霧水。其實不要說別人了，胡北原自己都覺得抓瞎。

「其實，我覺得周先生挺護著你的。」

胡北原無精打采地回著短訊：「有嗎？」

「上次，就我們一起去吃宵夜那回，你去拿酒，打電話回來的時候，夏崇明那小子不是奚落你了嗎？」

「嗯……」

「周先生掛了電話就把夏崇明臭罵了一頓。」小諾說道：「我們幾個看得一愣、一愣的。本來都知道他倆關係好，夏崇明是他青梅竹馬嘛！結果就那麼當著大家的面開罵。周先生的個性你是知道的，他不輕易衝動的，不給人留臉面那就是真的發火了。」

「……」

「不管你倆在鬧什麼彆扭，我們都覺得他心裡挺看重你。」

「……」

「所以啊，如果你辭職的原因和周先生有關，我覺得你最好再想想。辭呈拿回來還是來得及。」

胡北原呆了半天，心裡頭百轉千迴的，騰騰地冒著熱氣，死了的灰燼都要復燃起來了。

……周翰陽會阻止他嗎？也許周翰陽會專程約他見一面，好好談談？

他好像聽見外面花開的聲音，空氣裡猶如滿是溫暖的泡泡，令人都要飄起來了。

然而下午的時候，顧總找他過去，帶了種惋惜的表情，「哎，上頭批了。」

胡北原直接又從半空摔回地底。

「你最好幫忙物色個能接手的人啊！」

胡北原當機了一刻，才說：「嗯，我盡量。」

小諾想太多了，他也想太多了。如夏崇明所說，周翰陽是個好人、好上司，有些事純粹是因為立場公正才做的，而他自己因為心中有雜念，難免過度解讀了。

順利辭了職的胡北原渾渾噩噩地，一下午都坐在辦公室裡發呆。

明明早就知道結果，但來臨的時候還是不可阻擋地覺得難過。這就是所謂的脆弱了。

他也著急於自己的如此不爭氣，堂堂七尺男兒，為了另外一個七尺……啊，不，八尺男兒茶不思、飯不想，連工作也不想幹了，這像話嗎？

但要拋開所有理智，只談感受的話，他覺得其他的什麼都不重要了，世界都崩壞了，沒有意義、沒有未來、沒有希望。

周翰陽這麼輕易就批准了他的辭呈，他連當面道別、好好道別的機會都沒有，他簡直都不想活了。

然而，這一個月裡他還是得去上班，得對顧總和手下的人有所交代。於是次日胡北原行屍走肉一般地去公司，而後在桌子前奄奄一息地坐著。

沒有目標的時間太難打發了，胡北原麻木地打開群組，想看一眼大家在聊什麼。

周翰陽所在的那個公司群組他已經遮罩了，免得自己傷心傷神。他只能翻翻閒聊的小群組，裡面就不到十個人，都是同期進來的，現在分散在各部門，感情也維持得不錯，每天在裡頭閒聊、說說張三李四的八卦。

剛看了幾眼，就看見小諾說：**「你們知道嗎？昨晚周先生出車禍了。」**

胡北原只覺五雷轟頂、眼前一黑，手機差點都掉了。

幸而等他回過神來，就看見小諾的最新發言：**「好在人沒事。」**

大家紛紛詢問：**「怎麼回事啊到底!?」**

「周先生開車不留神，把別人的車給撞了，他全責。」

「……」這是有多不留神啊！周翰陽開車技術挺好的，又穩重謹慎，酒駕違規什麼的都和他扯不上關係，這回居然還攤上個全責。

胡北原著急地滑著訊息。

「據說車頭撞得都凹進去了，幸運的是雙方人都沒事，只有點皮肉傷。幸虧兩邊開的都是

好車啊！操，等我有錢，也得把我那破車換成耐撞的。」

有人問：**「周先生今天還會來公司嗎？我有一堆報銷單只欠他的簽名了。」**

「不會來了吧？都出車禍了還上什麼班啊！」

「對啊！就算人沒大事，也得在家緩緩。公司都是他家的，又不像我們這些魯蛇怕扣全勤。」

發了會兒呆，胡北原又看見他們在群組裡說：**「周先生居然來了！」**

和周翰陽在同一個樓層的幾個就八卦紛紛：**「周先生好像心情很差。」**

「當然差了，你也開藍寶堅尼去撞一台保時捷試試？得賠多少啊！」

「周先生不差這點錢吧？」

「那也高興不起來啊！」

「臉色也太難看了。」

「哎喲我去，報銷單我還是明天再拿去簽吧！這會兒肯定撞槍口上啊！」

胡北原坐在那兒，看起來木呆呆地靈魂出竅，裡頭五爪撓心。

他特別想去看看周翰陽到底怎麼樣了？但又心知不該看。這不關他任何事，而且他辭職是為的什麼啊？不就是為了遠離周翰陽嗎？

可說真的他也很迷茫，近了痛苦、遠了也痛苦。周翰陽對他而言簡直就是個無解的存在。

胡北原正茫然著呢，顧總就來電話了，叫他上去一趟。

原來是之前提交的方案，有些地方顧總不太滿意。討論了一番，顧總讓他回頭再仔細想想、改善改善，就放他出來了。

胡北原走出門，就又不可避免地要路過對面周翰陽的辦公室。

那個人就在裡面。從辦公室門口經過的這一瞬間，說不定就是他們能達到的最近的距離了。這樣多愁善感的認知，讓他全身都有了種不爭氣的哀傷。

即將走過的時候，胡北原不由自主地，還是管不住自己的眼睛，往百葉窗裡看了一眼，青年正面無表情地在對著桌上的文件，額頭上貼著紗布、臉頰有幾處淤青、下巴上有著隔夜的鬍渣。

胡北原第一反應是非常、非常地心疼，他恨不得能衝進去，捧著那張臉檢查一通、噓寒問暖，又想，不知道身上受傷了沒？怎麼開車的啊這麼不當心！今天也不在家好好休息，上什麼班啊……

外頭的美女祕書不在，他得以像偷窺狂一樣地扒在那兒，又看了第二眼、第三眼。

周翰陽正在出神，全然沒有發現他的偷窺。胡北原就偷偷看著那近在咫尺的青年，心裡既難過，又有一點得以窺視的小快樂。

這種又痛苦又滿足的奇異感覺，讓他覺得自己簡直成變態了。

……這到底是什麼的力量呢？讓人如此反常、敏感、自相矛盾，又不可救藥。他都想不通了。

拾伍

胡北原受不了下了班一個人在家胡思亂想的日子了，便帶了些水果，去蘇沐家蹭晚飯。他自己掏鑰匙開門進去，卻看見只有蘇可萌一個坐在地上玩樂高。

「媽媽呢？」

蘇可萌疊著積木，奶聲奶氣地告訴他：「媽媽接了電話，出去了。」

胡北原陪她玩了一陣子，才聽得門響，是蘇沐回來了。

蘇沐對於他來家裡已經習以為常了，連招呼都沒打，只反身關上門，神色有些不定。

「怎麼了？」胡北原直覺應該是有事，不然不會這麼匆匆忙忙的。

蘇沐說道：「那人讓人來找我。」

「誰？」胡北原問完，就自己反應過來了，「妳前男友？」

「對。」

這幾年蘇沐零零散散跟他提過點關於那個人的事，但絕大部分都絕口不提，像是要刻意遺忘那段前塵往事一樣。胡北原對那人感覺並不好，只是礙於不要亂說別人前任壞話的原則，他不便於評頭論足，這時候就忍不住問道：「他想幹嘛？」

拾伍

蘇沐黯然道：「他想見我，也可能想來帶走可萌吧！」

「妳想見他嗎？」

蘇沐沉默了一會兒，搖頭，「我不知道。」

胡北原按理該貢獻點意見，但他想了想，自己在情場上就是個失敗者，還是不要瞎指點了。

「有什麼需要幫忙的，記得跟我說。」

蘇沐嘆了口氣，精神不振地道謝：「謝謝。」

兩個大人都悶悶不樂，開始做飯也晚了點，於是胡北原用ＡＰＰ叫了外賣。蘇沐去廚房洗水果，他就在客廳抱著蘇可萌，讓她坐在腿上，給她講故事。

故事講到一半，突然聽得門鈴聲，胡北原心想難得這家小炒送得這麼快，等下一定要給個五星好評。一邊應著「來了、來了」，一邊放下乖巧的蘇可萌，就小跑過去開門。

門一打開，屋裡屋外都愣了一愣。站在門口的並非那個他熟悉的暴脾氣外賣小哥，而是個高大的男人，那男人樣子英俊不凡、身姿挺拔，一身穿著看起來也不便宜，胡北原略微狐疑地和他對視了幾秒。

「你找哪位？」

「你是誰？」

兩人同時開口，又都沉默了，而後繼續對彼此虎視眈眈。

身後有了點動靜，應該是蘇沐從廚房出來了，而後胡北原聽到她的尖叫：「你來幹什麼!?」

不等男人開口，蘇沐又尖著聲音嚷叫：「我不是讓許燁轉告你了嗎!?等我想好了，再定個時間見面。你不能這樣不經過我允許就上門來見她的！」

男人說道：「我不想等。而且我覺得我也不需要等。」

蘇沐有些失控了，「你走！我們都不想見你！」

男人倨傲地問道：「妳確定？」

胡北原被對方這種霸氣側漏的態度激怒了。他不該摻和別人的家事，但蘇沐一個單身女人帶著孩子，對方一副狂霸酷跩、吃定了的樣子，他覺得袖手旁觀很不妥當。

於是他更擋在蘇沐母女前面，「你聽見蘇沐說的話了嗎？這裡不歡迎你，請你離開。」

「如果我不呢？」

「那我要報警了。」

男人笑道：「嚇唬誰呢？以為我會怕這個？你知道我是誰嗎？」

胡北原斬釘截鐵地回道：「不管你是誰，我都不會讓你進這個門的。」

男人盯住他，胡北原也不甘示弱，兩人的視線在空中交會，劈里啪啦一通電光火石。

男人輕蔑道：「想在女人面前充英雄是嗎？也不看看自己幾斤幾兩。什麼時候輪得到你這種魯蛇逞能了？」

蘇沐冷下臉，「請你對他放尊重點。」

被驚動的蘇可萌也從胡北原身後怯怯地抱住了他的一條腿，露出一點小腦袋，警戒地偷看眼前的不速之客。

男人沉著臉，但眼下兩位女性都支持胡北原的陣勢，令他在魯蛇胡北原面前無法佔上風。

蘇沐又說：「你走吧，我們要休息了。非要生事的話，我會報警的，到時候鬧大了，紀大少爺你臉上也不好看。」

僵持了一會兒，男人轉過身，蘇沐生怕他反悔一般，立刻就重重關上門。

「讓你見笑了。」蘇沐關了門，返身回來，情緒就很低落，「幸好有你在。」

胡北原說道：「小事而已。不過啊……妳對他，到底怎麼想的呢？」

「……」

「妳要是還想跟他再續舊情，那這就是你倆的家事，我不當燈泡；妳要是怕被騷擾，那有麻煩就儘管找我好了，妳不用怕。」

蘇沐搖搖頭，「還是不牽扯你蹚渾水了。他這人很小心眼、很難纏的。我不想你吃虧。」

胡北原說道：「我孤家寡人的，就算吃吃虧又怎麼了？」

反正周翰陽都不理他了，他還有什麼可怕的啊？

胡北原接連兩天，都是下了班就去蘇沐家，順路接起放在托兒所的蘇可萌，以防那人來找麻煩。雖然蘇沐的前男友看起來一點也不忌憚他，但遇見這種滋擾生事的，有個男人在總會穩妥一些。

這晚胡北原開車回家，途經一條巷子的時候，突然車下一顛，像是碾過什麼東西，而後感覺就不對了。胡北原忙把車靠邊急停，下來檢查。

是兩根扎了釘子的木條，現在正咬在他的輪胎上，看起來非常張牙舞爪。

「……」胡北原暗道倒楣，走到車後，正打算自己換胎，突然感覺到有人在看他。

巷子裡光線陰暗，但胡北原看見那幾個人朝著他走過來的樣子，他愣了那麼幾秒，不需要任何的思考，他腦中就已警鈴大作。

胡北原立刻轉身拔腿就跑，他聽見那些人在背後追上來的凌亂腳步聲，這讓他知道自己猜對了，他們是衝著他來的。

胡北原腦子裡一片空白、心跳加速，他竭盡全力邁開腿逃跑，耳邊只有風呼呼的聲音。跑出巷子就好了，外面是大馬路，有行人、還有燈光……

然而還未出巷子，前面又有人影過來了。

「……」這是設好了套的，他們今晚就在這等著他呢！

胡北原知道慘了。一放慢腳步，背後就挨了一下，他往前踉蹌著摔倒，只能順勢趴著蜷縮起來，用手護住頭。

一時間裡拳腳都招呼在他身上，胡北原大叫起來，他痛得要死，感覺自己說不定要死了。

他亂糟糟地想，要是他今晚就在這出了事，那怎麼辦？周翰陽知道了會有什麼反應？爸媽呢？

車胎和地面摩擦的聲音，遠光燈猛地打過來，突如其來的強光讓現場有了一刻安靜。打手們暫時停了動作，胡北原被光照著臉，一時也睜不開眼。

胡北原從瞇縫的視野裡，隱約見得一個人影下了車。那人站在車燈前，光線令這人的身影變得異常高大，足以遮蔽他一般。

來人道：「你們在幹什麼？」

是周翰陽的聲音。

胡北原心裡劈里啪啦炸開了，這個時刻能遇見周翰陽，他有種絕處逢生、鐵樹開花的驚喜，他簡直覺得什麼都值了，自己瞬間變成這世界上最幸福的人。

但很快他就意識到，其實情況更糟了，即使周翰陽再能打，也不可能對付得了這麼多人。這偶遇，等於讓周翰陽陷在和他一樣的險境裡了。

果然打手甲惡狠狠地喝斥：「快滾，別多管閒事。不然連你也一起打。」

胡北原拚命掙扎著起來，用盡全力對周翰陽大吼：「你快走啊！」

青年沒有動，只冷冷地說：「叫紀秉琛出來。」

「……」打手們面面相覷。

打手乙開口了：「你什麼人？有什麼事？」

「你不配跟我說話。叫紀秉琛自己出來。」

後方有輛車子的車燈閃了閃，一個男人推開車門下來，問道：「是你啊？你蹚這渾水做什麼？」

周翰陽道：「人我要帶走。」

男人倚在車門上，閒閒地說道：「要是我說不行呢？」

「我不是在跟你商量，只是跟你打個招呼。」

男人點了根煙，「實話跟你說吧，這小子惹到我了，我跟他有很大的私怨。叫人搞他，也只是我的私事，你就算路見不平，也沒必要插這個手吧？身為男人，不解決他，我心裡實在不舒服啊！」

周翰陽沉下聲音，「我就一句話。你再動他，你就試試。」

胡北原心想，別這麼說啊！萬一他真試了呢!?二對N，怎麼打得過啊!?

周圍有種詭異的寂靜，沒人出聲、沒人動作，昏暗裡只有車燈和煙頭的火光。

過了大概半根煙的時間後，男人說道：「行吧，我賣你一個人情。」

青年大步過來，打手們自覺讓開，露出地上趴著的死狗一樣的胡北原。

青年在他身前蹲下來，低聲問他：「能走嗎？」

胡北原「嗯」了一聲。

青年把手放在他頭上，上面有血，他感覺得到那手抖了一下。

而後一雙胳膊伸入他身下，把他翻過來，下一刻他就被打橫抱起來了。

「……」一場上鴉雀無聲，在這安靜裡，周翰陽抱著他走向車子。胡北原努力睜開腫起的眼睛，視野太差，他只能看見青年下巴的線條，和臉部的陰影。

但他覺得這樣的周翰陽真的是帥翻了，怎麼說呢……

這就是他想要的。除了他，其他的什麼也不想要。

胡北原被橫著放在後座上，令他感覺自己像一具屍體。青年在前面坐好了，關上車門，說道：「你忍著點，我送你去醫院。」

「嗯……」

於是路上還闖了幾個紅燈。胡北原心想，這傢伙的行車水準怎麼每況愈下了啊？

到了醫院，很是一通折騰，各種包紮、照片子。胡北原覺得自己從頭到腳都被掃描過一遍了，從小到大都沒這麼徹底地檢查過。

好在檢查結果表明，雖然他身上又疼又腫又流血的，但沒動到骨頭，也沒傷及內臟，頭上的傷是最擔心的，但醫生表示沒有大礙，留院觀察兩天即可。

說到底還是周翰陽的功勞，出現得及時，他們還沒來得及下狠手呢！

胡北原被縫了兩針、貼了一堆紗布，送進了病房裡。也虧得周翰陽能耐，給他訂了間獨立病房，弄得他很受寵若驚。

胡北原在病床上有點不安地坐著，上下左右打量。私人醫院的病房弄得跟賓館一樣的。

他沒住過院，也覺得沒必要住院，但周翰陽堅持，好像他不住院的話，當晚就會突發腦溢血仙去了一樣。

坐了一會兒，他聽見門口的動靜，周翰陽推門進來。

周翰陽剛才替他辦理手續去了，現在回來，手上拿了個杯子和水壺。

胡北原立刻正襟危坐，青年板著臉說道：「喝點水。」

「哦，好的，謝謝。」

他用纏著紗布的手接過周翰陽遞來的水杯，而後趕緊喝了下去。張嘴動作太大，牽動臉上的傷口，胡北原「嘶」了一聲。

周翰陽立刻問道：「怎麼了？」

胡北原忙說道：「沒事，就是有那麼點疼……」

窗簾沒拉上，外面黑黝黝的，胡北原從窗戶玻璃上的倒影裡大概能看見他現在的樣子。臉腫了、眼睛腫了，腦袋還包得跟個洋蔥一樣，簡直糗翻天。

難得能和周翰陽這樣單獨相處，還是近距離，自己居然是這副模樣，完全不能更醜，胡北原想著就有點沮喪。但不知為何，他又覺得這是他近來最幸福的時刻。

胡北原突然意識到有些異樣，定睛將周翰陽看了又看，他問道：「咦？你的眼鏡呢？」

「……」周翰陽像是一時有些尷尬，說道：「下了班，忘了戴。」

「哦……」胡北原還是覺得有些奇怪，「不要眼鏡也沒關係，所以你沒近視？沒近視幹嘛要戴眼鏡呢？」

青年不耐煩道：「就你話多。」

「……」胡北原頓時不敢說話了。

病房裡燈光明亮，周翰陽看著他的臉。

胡北原被盯了一會兒，只能小心問道：「……怎麼了？」

周翰陽面無表情道：「你臉上有點血，沒擦乾淨。」

「哦……」

而後青年從外套口袋裡掏出手帕，沾了點水，用一個角幫他擦了擦臉頰。

這力道有點重，擦得他臉上隱隱作痛，他看見周翰陽的手有些發抖。

「謝謝啊……」

青年卻突然把手帕一扔，怒吼道：「你是傻的嗎？為什麼總是惹這些惹不起的人？也不看自己幾斤幾兩，就瞎逞英雄，你有沒有腦子啊你!?」

「……」

「你有沒有想過後果啊!?你差一點就死在那裡了，你知道嗎？要是我沒有……」

青年停了一停，胡北原和那像是要燃燒起來一般的眼睛對視了一下，想想也很害怕。

要是沒有周翰陽，他今晚搞不好真的就交代在那裡了。

「多謝啊，幸好你正巧路過……」

青年像是氣狠了，有那麼幾秒都沒說話，等那口氣過了，才冷冷地說道：「愚蠢。」

「……」

「你還是老樣子、還是這麼魯蛇、這麼備胎。這都幾年了，你就不能有點長進、有點出息？你看不出蘇沐對你根本沒那種感情，你們也根本沒那種可能嗎？」

胡北原冷不防被劈頭蓋臉這麼教訓了一通，愣愣道：「我、我知道呀。」

「知道那你還犯賤？天底下有這麼多人可選擇，你非得吊死在那麼一棵樹上嗎？」

胡北原茫然地回道：「……我沒有呀。」

周翰陽愈罵愈激動，但好像愈罵愈不著邊：「你就不能徹底離她遠點，不再多看她一眼嗎？發過那麼多誓，你全忘了嗎？為什麼你就這麼不爭氣，還非得管她的死活？好了傷疤就忘了疼是嗎？早知道你這麼沒出息，這輩子都該別回來！」

胡北原被罵得懵了，傻愣愣地望著周翰陽。這怒氣像是朝著他的，只是內容又不是很對得上號，他也不知道周翰陽到底在罵誰，但他感受得到青年的那種顫抖的激動和憤怒，就像被感染了一般，不知不覺地，他滿眼都是淚水。

周翰陽的聲音戛然而止，閉了嘴，看著他。

兩人無言地對視著。胡北原眼睛腫了，還都是眼淚，導致他根本看不清周翰陽的臉，以及上面的表情。

他只覺得胸口堵得發慌，對於眼前這個人，他心裡有千言萬語，簡直能說上一天一夜，然而並說不出口，比起周翰陽痛快淋漓地怒罵，他只能寂靜無聲。

拾伍

在靜默的哽咽裡，他看見青年朝著他低下頭來。

而後，下一刻，他大腦一片空白，世界像是也空白了，安靜了，除了他們之外的所有一切都被抽離了，然後又炸開了，漫天都是煙火，繽紛、炫目、不真實。

這是親吻。

雖然他不知道這是為什麼，但周翰陽是真真切切地在吻著他。

失控的、粗魯的、兇狠的、暴力的、輾轉的、熱情的。

又有著那麼一層連暈頭轉向如他也能覺察得出來的溫柔。

青年嘴唇的熱度，顯得那麼清楚，又那麼虛幻。好像他夢過的一樣，以至於他也無法確定自己是不是在作夢。

胡北原只覺得有什麼東西從他心裡噴薄而出，再也無法阻擋、無法掩飾。他有過的哀傷、絕望、害怕失去。他像溺水的人抓緊救命草一樣，死死抱住青年的脖子，張開嘴唇迎合那些深吻。

過了一陣，周翰陽停下來，深深呼吸了一回，而後按住他的肩膀，將他用力推開。

青年看著他，有點咬牙切齒地問道：「你知道我在做什麼嗎!?」

胡北原茫然地點點頭，又搖搖頭。

「你知道自己在做什麼嗎!?」

胡北原這回點點頭。

「……」周翰陽又一次突兀地捧住他的臉，用嘴唇奪走他的呼吸，這回比較久，還帶了一點無法自制的顫抖。

長時間的窒息過後，胡北原有種大腦快缺氧的恍惚感。青年緊緊抱著他，下巴抵在他肩膀上，胡北原也以一種似夢非夢的茫然抱住對方的背。兩人又沉默了。

衝動過後，都像是有點疑惑和猶豫。

青年突然問：「你是認真的嗎？」

「……」

不等他回答，青年又說：「算了，你不要說話！」

「……」

「萬一你現在說出我不想聽的話，我會失控掐死你。」

「……」胡北原問道：「你……你不是很討厭我的嗎？」

「……誰說的？」

「夏崇明說的……」

周翰陽沒有正面回答，只說：「這不重要。」

「……嗄？」

「重要的是，你不是一直愛著蘇沐嗎？」

胡北原說道：「我沒有啊！」

拾伍

青年像是又憤怒了：「還說沒有？你看看你做的，就差把備胎兩個字寫在臉上了，你知道你自己那樣叫什麼嗎？想接盤而不可得，說的就是你這種魯蛇了。」

胡北原又被罵了一通，莫名道：「我、我真的沒有啊。蘇沐是我朋友，我怎麼可能不幫她忙？單親媽媽帶孩子多辛苦啊？很多事需要一個男人去幫她們處理，我不正是個男人嗎？就我一個人知道她的事，她不靠我，還能靠誰呢？」

「你沒有想借機上位，當蘇可萌的爸爸嗎？」

「……」這問題來得太令人凌亂，胡北原都不知怎麼答了，「嗄？這，我跟她又不是那種關係，我們都沒那種想法啊！」

周翰陽還在審犯人一樣：「你不是喜歡蘇沐嗎？」

「是啊！」

「……」

「我喜歡過她，現在也很欣賞她。但那不是愛。」

「……」

「蘇沐說得對，喜歡是喜歡，愛是愛，是不同的東西。因為好，所以喜歡，這是人對美好事物都會產生的嚮往之情，太正常了，就像你會喜歡鮮花、會喜歡陽光。而明知不好，還依舊想得到的，那就是愛。」

「……」

「尤其是那個人還對你很差勁、脾氣很壞……」

沉默了一陣，周翰陽驀然又尖刻地問道：「你這回又想利用我什麼？」

胡北原還沒來得及感覺到受傷，青年又說：「算了，你別管我！不用理我在說什麼！我很亂，我需要冷靜一下！」

兩個人木呆呆地面對面坐了一陣子，各懷心事。

周翰陽突然說：「我不能再受傷害了。」

「……」

「跌倒一次，這是教訓，在同一個地方跌倒第二次，那是愚蠢。」

「……」

「你明白嗎？」

「嗯……」胡北原也不知自己該說什麼、要怎麼聊下去，對於這件事，彼此都欲言又止、言不及義，於是他呆呆地順著問道：「那如果，跌倒第三次呢？」

周翰陽瞪著他，過了半晌，才無奈地說：「……那應該就是真愛了。」

胡北原恍然道：「哦……」

「喂！」

胡北原鼓起勇氣說：「我不會讓你跌倒的。」

「……」

青年沒有反應、沒有動靜。

胡北原又忐忑了。他也覺得自己這話說得很冒失，說得好像周翰陽就願意在他這兒跌倒似的。但綜合周翰陽前面的表現，如果他沒有誤會、沒有過度解讀的話，應該不至於像夏崇明說得那麼悲劇吧……

他胡思亂想的當兒，頭上就被撞擊了一下。

胡北原大叫起來：「哎喲！」

周翰陽立刻漲紅了臉，道著歉：「對不起！不是故意的！」

失手給了他頭頂一拳之後，青年終於從頭往下，成功地在他脖子上套了個東西。

胡北原低頭定睛一看，是那個貴為傳家寶的翡翠平安釦。

青年嚴肅道：「首先，這個不許拿下來。」

「嗯……」

「不許給別的人。任何人都不行！借都不行！」

「哦……」

「更不許還給我！」

「……」

「至於其他的，看你以後的表現吧。」

「……」

這是什麼意思？想跟周翰陽交往的話，他還在實習考核期？還得考核完了才能轉正？

不過胡北原也顧不得計較了，他現在很高興，已經足夠高興了，簡直就是隨便刮張彩票就發現中頭獎的那種高興，不，應該是十倍的那種高興。

「哎喲……」

樂極生悲，那麼一笑，他臉上又痛了。胡北原齜牙咧嘴地，然而這麼一痛，讓他又想起了要緊的事。

「那個紀什麼……紀秉琛是吧？你認識？是你朋友嗎？」

周翰陽坐在他床邊，又給他倒了點水，「朋友算不上，但認識。一個利益圈子裡，來來回回就那麼些人，避不開的。」

「他這個人怎麼樣？感覺不是個好東西啊！」

「這倒也不好說。奸惡之徒是談不上的，不過他這人涵養差、情商低，簡直就是小學生，手段是比較極端。」

「……」

「你放心，他不會再找你麻煩的。」

「哦，我不是擔心我自己，我是指蘇沐……」

青年立刻瞪著他，「你再說一遍？」

胡北原心想，他的實習分要被扣光了嗎？

但他還是說：「蘇沐那邊，這樣的人，她們孤兒寡母的怎麼應付得來啊？家事的話我當然不插手，但萬一變刑事呢？」

周翰陽說道：「不行，反正你不許管。」

「……」

「我會去處理。」

胡北原立刻眉開眼笑。周翰陽出手，那可比十個他還靠譜。

「但反正你別管，一點都不准管。」

「行、行，你好好處理就行。」

周翰陽又問：「你喜歡小孩？」

「嗄？」

「我看你和蘇沐的女兒關係很好。」

「哦，是的，可萌很可愛啊！小朋友很好玩的，尤其她黏著你的時候……」

周翰陽打斷他，「所以你想要小孩？」

「……」

胡北原都不知要怎麼答，這不是他想不想的問題啊！他難道能自己生嘛？他沒這功能，周翰陽也沒有啊！

周翰陽果斷地說道：「那就找代理孕母，生對雙胞胎。」

「……哦，可以這樣嗎？」

「當然，出國處理就行了。只要你願意，沒有什麼是不能解決的。」

「嗯……」

就著這個話題的細節一路瞎扯下去，胡北原一邊心想，他都還沒過實習期呢，跟他聊這麼遠的話題，真的合適嗎？

但他很樂意跟周翰陽聊這些，就目前而言，簡直是不著邊際的話題。

因為受了傷，又疲乏，他漸漸就靠在周翰陽肩上，周翰陽挨著他在床上坐著，握著他的手，有一搭沒一搭地說著一些無關緊要的事。

雖然還是很多不明朗、不確定、不理解，但他覺得很滿足。

被睡意慢慢侵襲的時候，他還在想，周翰陽為什麼要戴眼鏡呢？不過戴了眼鏡好像有種令人捉摸不透的神祕感，變得更帥了……不對，不戴眼鏡的時候也很帥，嗯，那到底是哪種更帥呢？

在這毫無營養的自問自答裡，他終於昏昏睡去了。

窗外月朗星稀，銀光遍地。

——END

番外（這麼短也敢算番外的話）

次日，雖然全身疼痛，但生物時鐘還是讓胡北原在七點鐘準時結束了夢境。又疼又累地在床上賴了一會兒，胡北原終於徹底清醒過來，連忙一個鯉魚打挺就坐起身，「糟糕，我要遲到了！」

周翰陽睡眼矇矓地躺在陪護床上，「……我沒所謂遲到不遲到。」

胡北原正欲下床，突然想起一件事，「不對，我都已經辭職了啊！」

於是他又安然躺下。

風中蕭瑟的顧總：「……」

——番外　完

ORIGINAL
原創
紫界小說
BORDER NOVELS

暗戀那件小事

作者：藍淋
插畫：Leila

【發行人】范萬楠
【出　版】東立出版社有限公司
【地　址】台北市承德路二段81號10樓
TEL：(02)2558-7277
【香港公司】東立出版集團有限公司
香港北角渣華道321號
柯達大廈第二期407室
TEL：23862312

【劃撥帳號】1085042-7
【戶　名】東立出版社有限公司
【劃撥專線】(02)2558-7277總機0

【美術總監】林雲連
【文字編輯】王藝婷
【美術編輯】江靜瀾
【印　刷】勁達印刷廠
【裝　訂】同一書籍裝訂股份有限公司
【版　次】2016年7月6日第一刷發行

東立小說網站：http://www.tongli.com.tw/Novel.aspx

ISBN 978-986-470-420-0